二行天地的
神會與言詮

余境熹 著

華文俳句評論集

二行の天地に
おける味得と解釈

余境熹　著

華文俳句評論集

序
我想起那個湖

洪郁芬／華文俳句社社長

寒燈下，寫兩行刪一行。（日）高浜虛子

　　立秋後陽光偏移到陽臺積水的地磚上，遠方的阿里山僅餘一個神祇般的輪廓。案頭這本《二行天地的神會與言詮》的書稿如鍍上了一層金箔紗般亮麗。自2018年提倡兩行華俳的創作以來，蒙好友余氏境熹熱誠關注，既春蠶吐絲的論述，也蜻蜓點水的賞評。「春花去秋雨來／日光穿過蝴蝶夢」（高桑闌更俳句），回首不覺稿件已累積十餘篇，可以匯為一卷。我把這個想法說與他時，他欣然同意。乃有這本華俳評論集的誕生。

　　華文二行俳句提倡體現俳句美學本質的內在結構「切」與「二項對照」組合，自2018年十二月出版《華文俳句選》和創立「華文俳句社」以來，持續穩定地在臺灣《創世紀》詩雜誌、日本《俳句界》雜誌和香港《中國流派詩刊》的華文俳句

專欄發表。在當今只是分成三行或規定五七五字數的形式俳句居多的國際俳句中,華俳運動是回歸俳句本質的契機,於臺灣俳句的發展更是一個重要的里程碑。於華俳社的推廣下,書寫華文二行俳句的詩人逐漸擴及中國、香港、新加坡、馬來西亞和日本等亞洲區域。「華文俳句叢書」於2019年開始在「釀出版」推出,第一冊《渺光之律》和第二冊《凝光初現》之後,於2020年隆重推出華語圈第一本「俳句季語」的辭典《歲時記》。本華俳評論集即列為「華文俳句叢書」第四集。

在世界局勢趨於複雜的現代,書寫主張素樸的俳句,實為一種精神和生活的復古行動。此舉等同胡適、劉半農以及於聞一多、魯迅等的白話文學革命,既革新語文傳統,復回歸歷史傳統。以白話文追蹤躡跡,尋找過往的留痕,開拓時代的格局。藉由俳句的書寫,現代人必須回歸到一千多年前的簡單生活觀點,以毫無修飾的方式呈現活在當下的瞬間感動。在各樣刺激環繞的現代生活中,要求詩人回歸古人般的單純,並不容易。這非俳句過於簡單食之無味,而是現代人的思考模式過於複雜,無法回歸單純的觀照。喜歡書寫俳句或喜歡閱讀俳句,意味著從當代小說戲劇影音聲效般複雜的生活中隱遁,成為一個簡單生活和思考的修行者,安靜的諦聽身旁的四季景物,歌詠落花枯葉鳥獸風雨。從枝幹向外擴張,轉回修剪捨棄只餘綽約的枝椏。不停的化繁為簡,活在當下瞬間,靜觀生活的一張張寫生。俳句是從生活的電影中抽取的一張圖像,無法反映

生活的所有層面。礙於短小的形式限制，有學者如桑原武夫主張，相較於小說戲劇或電影等高級藝術，俳句係屬次等的第二藝術。倘若依照此觀點，文學藝術的優劣僅繫於字數的多寡或結構的大小。此論點等同以長度和複雜度來貶低靜態的攝影作品，高舉動態的電影作品，實在令人難以接受！

　　俳句是聯想的鉤，帶領讀者進入經驗的遐想。如看著一張照片陷入沉思，沉溺於線條色彩的情趣。閱讀俳句需要讀者發揮想像力，填補有限的文字敘述所留白的部分。在稍縱即逝的日常生活中擷取一個瞬間遁入文學的奇幻世界。華文俳句的兩行即是兩扇窗，開啟一個有別於日常的空間，在無法隱遁的世界中享受一時的隱遁。俳句也提供一個脫離當下自我的方法，讓情緒和我隱藏在客觀寫生的眼光中。抑制自己直接表達情感的衝動，逐步捨棄沒有作用的修辭（這等同於所謂的零度寫作），將自我蘊藏於沉默中，或於不明確表達的暗示裡。於是我們得以從當下的情緒抽離，拾起一把客觀的鑰匙，將目光從自我轉移到四季的變化和自然的景物。此般情緒的昇華將帶來心理的療癒或藝術的創作。

　　余境熹於〈華文俳句藝術談：《華文俳句選：吟詠當下的美學》讀後〉中提供欣賞華文俳句的可能角度，把作品放置在漢語文學的脈絡裡，進行聯想。例如：趙紹球的「花落滿階／半夢半醒的早晨」，可以上連唐人孟浩然（689-740）〈春曉〉的「花落知多少」、「春眠不覺曉」。或是容受作品的多

義，讓文本在不同的詮釋中煥發更多生命力。例如：郭至卿的
「桌上的咖啡杯／翻開的詩集」，讀者可以將「咖啡杯」視為
空的或滿的，自行注入意義。俳句源於連歌，自古以來即有連
座（互動）文學的性質，由界定連歌季題的發句，脫離連歌成
為獨立自主的存在。第二座席的人在理解發句的意涵之後，接
續吟詠一首。第三座席的人在理解前一首之後，接續吟詠一
首。如此持續，直到在座的所有人都將作品發表完畢。當俳句
脫離連歌之後，接續吟詠的任務便轉讓給讀者，任由讀者依據
短小的詩句，作擴大的想像和詮釋。由於中國與日本共享部分
的文學傳統（遣隋使和遣唐使之文化影響），且都屬於同一個
亞洲的季節風區域，因此將俳句放在漢語文學的脈絡中欣賞，
毫不牽強且相當可行。

　　除了以上兩種欣賞角度之外，余氏於〈與華俳互動的「喜
好」和「經驗」：余境熹訪談〉中提出可根據「知識」、「經
驗」和「喜好」來與二行華俳互動。他舉吳衛峰的俳句「夏
夜／濤聲和著『真夏的果實』」為例，說明讀者可以選自己喜
歡的版本代入吳衛峰俳句的情境，如鄧麗君、張學友、薛凱琪
等其他的版本，讓自己熟悉的旋律和歌詞和著「濤聲」，獲得
不同於原作的新感覺。既然俳句是聯想的「鉤」，其功用為開
啟一個有別於日常的空間，在無法隱遁的世界中享受一時的隱
遁，讀者當然有權利可以運用本身的「知識」、「經驗」和
「喜好」來共享作者的世界。

對於余氏於〈華文俳句藝術談：《華文俳句選：吟詠當下的美學》讀後〉中提到，二項對照所選事物的「不即不離」方最考驗俳人藝術思維的敏銳度，是判別華俳高下的關鍵，我認為「不即不離」乃華俳詩人吟詠俳句時必要的思維模式，而非判別華俳高下的關鍵。而判別華俳高下的關鍵，除了延續日本俳句的標準，如擴大含意的深淺，描寫心象風景及平易輕快之外（《歲時記》，洪郁芬、郭至卿主編，p.9），尚待華俳詩人作更多創意性的嘗試與研究。華俳既然是最短的詩，現代詩的評判標準可否或如何應用於華俳評判，是未來相當值得研究的領域之一。期盼有更多的詩人和學者投入，共襄盛舉，讓萌芽的華文俳句蓬勃發展。

余氏境熹此書，為未來的華俳研究踏出了重要的一步。其於俳句的理論建構上多有發揮，實屬難能可貴。其於華俳之格物鑽研，特別讓人敬重！我或困於城鎮小屋，或遊走於田野荒郊，感受著季節細微的變化，反覆啄磨著這些精密的字詞。有時得兩行於郊野一場秋雨落葉之中，卻又在西風颯颯室內寒燈之下，刪去一行。如心潮之起伏，如時光之晦明。我想起那個湖，它實際的存在，朝有雲影，夜現螢光，卻在我生命中，成了一個象徵。華俳的書寫和研究，亦復如是！

2020 年 8 月 18 日　於嘉義麝燈小屋

▍主編：洪郁芬

台灣詩人，日本俳句協会理事。曾獲第三十九屆世界詩人大
會中文詩第二名、俳人協会第14回九州俳句大会秀逸賞等。著
《魚腹裡的詩人》《渺光之律》等；主編《十圍之樹——當代
華語詩壇十家詩》《歲時記》。

目錄

附錄

目次

付録

二行天地的神會與言詮：
華文俳句評論集

二行の天地における味得と解釈：
華文俳句評論集

華文俳句藝術談：
《華文俳句選：吟詠當下的美學》讀後

　　華文俳句歸向使用「切」與「二項對照」的道路，突破外在形式，直通日本俳句的美學內涵，實在是可喜的嘗試。秀實（梁新榮，1954- ）曾說：「優秀的文本自然決定了華俳的發展路向。」[1]讀《華文俳句選》，佳篇比比皆是，相信自可創造風潮，引領俳壇。

　　吳衛峰已指出華俳的幾項重要美學追求[2]，其一是以兩個獨立的「像」（image）構成基底部與干涉部，相互襯托或產生對比，在日語中稱為「取り合わせ」；其二是追求簡約、留白，將說明性質、多餘的文字削去。以趙紹球（1960- ）「吹茶／松風拂耳」為例，風與茶有其涼熱差異之餘，吹茶的動作細微，而風過松林則浩蕩，小大之間也存著對照；嘴部的吹，

---

[1]　秀實（梁新榮），〈華文俳句的藝術性──讀《華文俳句選：吟詠當下的美學》〉，《望穿秋水──止微室談詩》（臺北：秀威資訊科技股份有限公司，2020）44。

[2]　本文所概括吳衛峰的美學觀點，悉見於吳氏〈華文二行俳句的寫作方法〉及〈為什麼寫華文二行俳句？〉，均收錄在吳衛峰、洪郁芬、郭至卿、趙紹球、永田滿德（NAGATA Mitsunori）合著，《華文俳句選：吟詠當下的美學》（臺北：釀出版，2018）。

轉化成耳朵的聽，感官相通，又有著互為映襯的作用，兩個「像」的組合確讓文本具備多重張力，非常立體。同時，趙氏所用文字極簡，但「松風」為讀者鋪開松樹環繞的場面，「吹茶」令人想到素雅的茶具、整潔的茶席，悠閒的氣氛已溢於言外；短短六字中，連主語也隱去，然而吹茶者能選擇清幽之境品茗，並聆聽到松風的聲音，其享受自然、內心空靈、舉止嫻雅的形象也就躍然紙上了。只要讀者願意動用想像，就很容易進入趙氏留白的空隙，體會到作品深邃的意境。

趙紹球的「吹茶／松風拂耳」還蘊含第三種美學特質：疏而不隔、黏而不膩。吳衛峰曾指，華俳的基底部和干涉部假若離得太遠，就會像「雙眼不能聚焦」；靠得太近，又會「使作品失去了層次與縱深」，無法放飛想像。因此，吳氏提出「不即不離」為華俳兩部間的最理想狀態。趙紹球寫的茶、松固然是不同事物，但兩者均屬植物，雖小大有差，卻足以引起連類的聯想；吹茶是自身行為，松林拂動源於外界，方向迥異，不過「吹」可產生「風」，吹茶與揚起松風也就彷彿順承，能夠嶺斷雲連，隔而又不隔了。

吳衛峰所寫的「暴風雪／明滅的汽車尾燈」同樣充分切合上述三項審美要求：首先，風雪之「暴」顯得猛烈，尾燈的「明滅」則似乎力量不足，其間存著強弱對比，而天然的風雪和人造的汽車並列，也有助拓寬詩思；其次，簡約的書寫略去汽車冒險行駛的原因，反倒惹人尋索——是趕著拯救受困的傷

患？是忙於逃離危急的處境？是載著臨盆的孕婦？是帶著祕密的任務？在「暴風雪」鋪開的白茫茫原野上，讀者大可自行馳騁想像；最後，汽車尾燈因風雪遮蔽，一時甚「明」亮，一時似熄「滅」，兩者可以互聯，而從比喻的角度看，反光的雪點斷續而下，也像是一盞盞明明滅滅的圓形車燈，俳句的兩部能做到「不即不離」，效果極佳。

我認為華俳兩部的對比襯托屬於題中應有之義，是該體寫作的基本美學要求；簡約留白講究取捨，非文字精練者，無以去蕪存菁，故稍進一階；而二項對照所選事物的「不即不離」方最考驗俳人藝術思維的敏銳度，是判別華俳高下的關鍵。為讀者喜見樂聞的是，《華文俳句選》錄有頗多「不即不離」的佳篇，讀來賞心悅性之餘，亦有著示範作用，能導引學寫者步過俳林的山門，一窺精緻的殿堂。除上述徵引二作外，趙紹球「蜻蜓點水／釣竿動也不動」、吳衛峰「爬格子／發情的貓走過」、郭至卿「女孩銀鈴的笑聲／春天的花園」、「白鷺鷥／綠川上的休止符」，洪郁芬「角色扮演的布袋戲／斗大的汗」、「夜夜重疊的思慕／楓初紅」等，均是一時之選，極耐咀嚼細味。

以下嘗試提出欣賞華文俳句的其他可能角度，一是把作品放置在漢語文學的脈絡裡，進行聯想。例如趙紹球「花落滿階／半夢半醒的早晨」，可以上連唐人孟浩然（689-740）〈春曉〉的「花落知多少」、「春眠不覺曉」；洪郁芬「夜夜重疊

的思慕／楓初紅」，可以遙接李煜（南唐後主，937-978，961-975在位）〈長相思・其一〉的「一重山，兩重山。山遠天高煙水寒，相思楓葉丹」。華俳雖是「吟詠當下的美學」，但透過與先前漢語經典文本的互聯，足使作品增添古雅韻味，亦帶領讀者神遊故國，思接千載，大大擴闊想像的空間。當然，產生互聯的作品也不一定要來自古代。吳衛峰「夏日夕陽／碧昂絲歌聲伴我歸家」、「夏夜／濤聲和著『真夏的果實』」二作，分別連結碧昂絲（Beyoncé, 1981- ）和桑田佳祐（KUWATA Keisuke, 1956- ）的流行音樂，在讀者腦海中，洪郁芬的「楓初紅」亦何嘗不可與周杰倫（1979- ）歌曲〈楓〉和鳴合奏？

其二，是容受作品的多義，讓文本在不同的詮釋中煥發更多生命力。洪郁芬欣賞高度純淨的俳句，「意義完全空無，只見感官捕捉的畫面」[3]；秀實在專訪中亦提到：「文字與讀者之間的『感官對感官』的關係，才是真實的，其他的說法都是一種美麗的錯誤。」[4]境界至深。但既然解說的「錯誤」還是「美麗」的，讀者仍不妨探驪華俳的複義，於詮釋裡仔細審美。

在閱讀洪郁芬華俳「一半的故鄉與此鄉／月陰」後，秀實將「月陰」解作月影，至為熨帖，如李白（701-762）「舉

[3] 洪郁芬、郭至卿，〈兩行間的奧秘：洪郁芬、郭至卿對談華俳〉，《圓桌詩刊》66（2019）：16。
[4] 秀實、蘇曼靈，〈抵抗世俗：秀實專訪〉，《望穿秋水——止微室談詩》146。

頭望明月」後，「低頭」見月影，踏足「此鄉」，果然便不禁「思」起遙遠的「故鄉」來。視點不同，我則把注意力放在「月陰」的「陰」字之上，聯想月半盈時有「一半」陰暗無光，俳人對皎月象徵的鄉愁也消弭了「一半」，雖念「故鄉」，但同樣深契「此鄉」，這便類似於「明月何曾是兩鄉」、「且認他鄉作故鄉」、「日久他鄉是故鄉」的意境，流露不一樣的情懷。

　　郭至卿「桌上的咖啡杯／翻開的詩集」也極有趣，其「咖啡杯」是空的還是滿的？若是不空，咖啡的味道有層次、有變化，正好與「翻開的詩集」中各呈異彩的篇什對應；若是空的，則杯子等待填充，亦彷如「詩集」各文本需要讀者參與，注入意義一樣。這裡的兩種解說，同樣能帶來啟發。另外，郭至卿「桌上的咖啡杯」應是代表悠閒的，甚至暗示讀「詩集」有刺激思維的提神作用；但對不喜咖啡的讀者而言，可能會想到咖啡因的害處，象徵讀「詩集」打亂了本應專注業務的日常生活[5]，特別是讀了壞詩集，純然耗損光陰，這又足以教人警惕了。華俳雖短，透過詮釋，卻能引發不絕的思考，延展審美的歷程。

　　值得注意的是，《華文俳句選》對是否使用、如何使用「季語」亦有所思考，書中除了收錄按季語創作的華俳外，亦

---

[5]　現實生活因詩招損的軼事不少，如「創世紀詩社」創辦人之一的張默（張德中，1931- ）即曾自承，由於太過傾心新詩，他在軍隊中的升遷並不順利。

置入無季語的作品若干，如上引趙紹球「吹茶／松風拂耳」、郭至卿「桌上的咖啡杯／翻開的詩集」即是，讓讀者公評其效果。同書也並列各家對季語的看法，如洪郁芬徵引五島高資（GOTO Takatoshi, 1968- ），思考國際俳句不適合使用日本的季語定型，林水福（1953- ）提出需要建立在地化的季語，吳衛峰認為無季語容易使俳句失去主題等，皆具寶貴的參考價值。這部分已引起其他詩家的關注，如秀實在閱讀《華文俳句選》後表示：「當俳句沒題目時，季語便有了『標誌性』用途。並讓俳人不藉標題而立說。這好比垂釣時的魚絲與魚鉤沉於茫茫煙水中，而水面卻浮蕩著一個顏色鮮艷的『魚漂』。讀者可從魚漂的飄動而判斷魚的上鉤。」[6]相關討論及創作嘗試勢將持續下去，兩行華俳的生命力異常充沛，於此可見一斑。

---

[6] 秀實 49。

心靈花園的思潮與美學：
讀洪郁芬《渺光之律》的春季俳句

　　作為日本俳句協會理事及華文俳句社社長，洪郁芬致力於二行華俳的理論建設，並以優秀文本昭示有關主張的藝術效果，動筆甚勤，與之合作頗多的辛牧（楊志中，1943- ）甚至言：「洪郁芬投入俳句的創作和推廣最為積極」，沒有之一。繼2018年年底與郭至卿、趙紹球、吳衛峰等合著《華文俳句選：吟詠當下的美學》之後，洪郁芬復於2019年推出個人俳句集《渺光之律》，按四季銘誌觀照萬物的感動，讓讀者領會更多華俳之美。永田滿德（NAGATA Mitsunori, 1954- ）已指出，透過洪郁芬的俳句，讀者可以進入作者的心靈花園；單從句集中「春」的部分看，即能一窺洪氏獨特細緻的思想。

　　洪郁芬在《渺光之律》流露不少傷春情懷，「初櫻／光一滴滴散落」寫的是櫻花綻放，光豔姣好，可惜隨時散落，逐點凋零，無法挽留，象徵韶「光」之易逝，使人徒嘆奈何。辛牧也曾寫過：「抬頭／一樹櫻花／低頭／一地櫻花」，雖與洪郁芬所描繪的緩急有異，卻表現出相似的傷春主題。洪郁芬還寫道：「庭戶如我／落花無數」，氣勢靠近秦觀（1049-1100）

浩蕩的「飛紅萬點愁如海」，而情懷類於李清照（1084-1155）的「滿地黃花堆積，憔悴損」，嘆息時間流走，「無數」美好的日子被撇在後頭。李清照哀歌青春不再，而洪郁芬也低吟：「春分／人生的一半」，明明夏、秋、冬的漫長歲月仍在前面，她卻強調青澀的年輕歲月占了「人生」之半，暗示最寶貴的、最重要的事物已經遺落，後「一半」總是花事荼靡，生氣不復當初。

令洪郁芬感嘆的並不僅是抽象的時光，更有具體的回憶。臺灣文學慣以鐵軌喻指記憶，洪郁芬亦云：「鐵路黯淡的鈴聲／櫻花雨」，舊日那些明豔如「櫻花」的生活看看皆已轉成「黯淡」，很快便飄零無餘，想循著「鐵路」歸去實不可得；「初戀慢慢地遠／春虹」，連最純潔無瑕的「初戀」記憶也漸漸如「虹」變淡，繽紛的色彩終不長久。洪郁芬借孔雀自喻：「惜春／孔雀嘶啼摺羽」，青春日子的種種美好適如孔雀羽屏，愈是美麗，愈是教人不忍失去，可俳人「惜春」卻無法把春留住，回憶的豔，變成今日扎心的痛。

悲從中來，問何以解憂？一是以「有為」的態度努力往後的人生，追求成就，像儒者在感慨「逝者如斯夫，不舍晝夜」後，更致力於把握剩下的光陰。洪郁芬的俳句即寫道：「清明／歌頌賢母的壽域墓」、「木窗柳青／紀州庵」，前兩行肯定以「賢」為標準的、對內的家庭貢獻，後兩行則借紀州庵象徵外拓的文學事業，而二者合併，正正是儒家女性治家有才、善

於品鑒的「賢媛」形象。洪郁芬一度相信，「盡全力的輕巧／蝴蝶飛」，要盡全力保持「輕巧」——溫柔與捷悟，才能破開傷春之繭，減少遺憾，以理想女性之姿，讓「人生」的後「一半」化為人人欣賞的美麗蝴蝶。

這種「盡全力」固然是辛酸而又未必討好的，洪郁芬由是需要尋找喘息的出口。有時，她會藉著與自然花草溝通，發現喜樂的泉源，如「福壽草／融冰的時刻」，寫福壽草在冰雪尚未完全消融前開花，而生命也一樣，在格外艱困的處境下，將綻放得更為出彩——「融冰」的客觀書寫，同時對應著俳人心中傷懷情緒的溶解。只不過，借外物消弭胸臆愁鬱的方法並非次次有效，如「將寂寥綑綁成果／風信子」所云，風信子密纏的花瓣就如揮之不去的寂寥之感，而它們最後簇擁出沉甸甸的果實，又彷彿將寂寥都捆在一起，難免刺激人觸景生情，一併也感到失落了。

然而，在與自然界情感相通後，即使某些植物偶爾獻愁供恨，洪郁芬還是繼續以關顧之心融入自然，不經意間，這對她排遣傷懷有著莫大作用。洪郁芬的「鳥囀／喚來行舟渡輪」鋪開了一片悠然之景，不過旅人出沒，輪船游弋，也有其影響生態的隱憂，如歐陽修（1007-1072）〈醉翁亭記〉嘗云：「遊人去而禽鳥樂」，清脆的「鳥囀」其實頗畏煩囂的人聲。洪郁芬應是鳥類覺得可親的人物，從洪氏「八掌溪／數著鳥巢渡過」可見，她的出遊並沒有嘈雜的歡呼，只有靜靜的數算，關

注鳥類棲息的生態，透露的是一種陶淵明（約365-427）式的「羨萬物之得時」，為八掌溪適合禽鳥安居而樂。洪郁芬「崇山峻嶺的懷裡仰望／春耕」也有陶淵明的味道，「崇山峻嶺」的背景契合於〈歸去來辭〉的「亦崎嶇而經丘」、「登東皋以舒嘯」，得睹「木欣欣以向榮，泉涓涓而始流」之餘，洪郁芬「仰望」時有所妙悟，遂如吳均（469-520）〈與宋元思書〉般，「鳶飛戾天者，望峰息心」，把塵慮一舉滌清，於是以「春耕」作結，願效法陶淵明「農人告余以春及，將有事於西疇」，躬耕自樂，傷春的心結當然得以解開。更有進者，洪郁芬寫下「驀然佇立靈山／白木蓮」，在精神上遠離俗世的靈山之巔，佇立的她感覺自己驀然化作一塵不染的白木蓮，這已到柳宗元（773-819）「心凝形釋，與萬化冥合」的境界，傷春的惝慄一時間拋諸腦後。

可是身為在城市居住之人，洪郁芬如何能真的躬耕或長依山林呢？接續著〈始得西山宴遊記〉，柳宗元〈鈷鉧潭西小丘記〉猶且自傷「棄是州」，哀嘆被「農夫漁父，見而陋之」，甚至「連歲不能售」，〈至小丘西小石潭記〉更有「悽神寒骨」的惶惶然，可知「心凝形釋」的體悟難以長久生效，無法根治人的愁懷。重新踏入忙亂的都市之後，洪郁芬更難忍受日常的紛擾，「少年的機車引擎／閻魔賽日」所寫，便是聽到風馳電掣的少年郎引擎發出噪音，令洪氏訝異如聞鬼門關開，閻魔打開了地獄的釜蓋，任鬼怪肆行此世。這種誇張的想像，

頗似性喜悠閒的琦君（潘希珍，1917-2006）在散文裡所說：「做夢也不會想到，世界上將會出現驚心動魄的斑馬線、紅綠燈，爭先恐後、狂呼怒吼的摩托車」。

洪郁芬是虔誠的基督徒，但從其俳句可見，她亦與其他各種宗教產生共鳴，如「春日後晌／媽祖揮動拂塵」便提及臺灣流行的媽祖信仰。在處理傷春之苦時，她也常常表現出道家、佛教的思維。把「盡全力的輕巧／蝴蝶飛」看透之後，那「蝴蝶」實不過是《莊子‧齊物論》的一夢：「昔者莊周夢為胡蝶，栩栩然胡蝶也，自喻適志與！不知周也。」盡全力悟透人生不過一夢，順應變化，波瀾不興，內心自然可輕巧飛翔，如同洪郁芬另處所寫：「夜櫻／從不追究離別」，明顯回應了「初櫻／光一滴滴散落」、「庭戶如我／落花無數」，以及「鐵路黯淡的鈴聲／櫻花雨」等句的痛惜「離別」之情。

同一思維，幫助著洪郁芬面對各種逆境：「春驟雨／擋風玻璃繪圖」，突如其來的大雨可轉化成富美感的藝術畫，深契蘇軾（1037-1101）豁達的「莫聽穿林打葉聲，何妨吟嘯且徐行」；「飛落可安歇的水邊／風箏」，那風箏半腰裡折，不能像白靈（莊祖煌，1951- ）般「拉著天空奔跑」，不能如辛牧般「和雲比高」，卻能隨遇而安，將墜落的水邊視作安憩之所，彷徨乎無為其側，逍遙乎寢臥其鄰，絲毫不感覺困苦。《莊子‧逍遙遊》提倡「無功」和「無名」，洪郁芬的「闔眼即是深山林木／明媚春日」亦與之相應。文詞上，「闔

眼即是深山林木」近於陳繼儒（1558-1639）的「閉門即是深山」，而「闔眼」與「閉門」都是為隔絕世間名利，即馬致遠（約1250-1324前）所云：「利名竭，是非絕。紅塵不向門前惹」。做到這一層，世間的所謂缺失就都不再構成問題，「綠樹偏宜屋角遮，青山正補牆頭缺」，破敗轉成詩意，處處是正向的「明媚春日」——春日正好，何必傷春？

隨遇而安，順應變化，亦助洪郁芬突破刻意有為的虛妄。曹丕（魏文帝，187-226，220-226在位）《典論・論文》謂：「年壽有時而盡，榮樂止乎其身。二者必至之常期，未若文章之無窮。」可是歐陽修〈送徐無黨南歸序〉便言：「自三代秦漢以來，著書之士，多者至百餘篇，少者猶三、四十篇，其人不可勝數；而散亡磨滅，百不一、二存焉。」洪郁芬的意見近於歐陽修，其俳句說：「巨木比文字恆久／燦爛的風」，認定自然的造化較「文章麗矣，言語工矣」的文藝更為久遠、更為燦爛。然而曹操（155-220）嘗云：「神龜雖壽，猶有竟時」，《莊子・逍遙遊》裡「以五百歲為春，五百歲為秋」的神龜冥靈也逃不過死亡。洪郁芬筆下的「巨木」呢？參考〈逍遙遊〉，「上古有大椿者，以八千歲為春，八千歲為秋」，確是比「文字恆久」，卻恐怕還無法超脫於有限的年壽。巨木的「燦爛」，到底是歐陽修所惋惜的：「草木榮華之飄風」。

洪郁芬當然能見及此，她的俳句常留下兼具正負兩向的結尾，如「山路盡頭之極／櫻花開」，踏破鐵鞋，柳暗花明，終

於得見春在枝頭，萬分喜悅，但櫻花的開放同時是凋零的起始，猶如山路走至盡頭不得不廢然折返、登上巔峰後必須下坡一樣。以日常生活比喻，洪郁芬寫道：「學生眼眸灼灼星光／復活節」，表面說的是班員為假期而興奮，可是仔細一想，復活節假並不長久，假期功課反倒增加，「復活節」的內裡實際包含「受難節」。用《老子》的話說，這即是：「禍兮福之所倚，福兮禍之所伏。孰知其極？其無正。正復為奇，善復為妖。」

那麼，洪郁芬是否要全盤否定有為呢？當然不是。天地曾不能以一瞬，洪氏借「紀州庵」象徵的文學事業雖然自料無法永恆，但佛教的「活在當下」卻啟發她灑脫地繼續創作。「蓬萊毛茛／不問山為人知否」，其意即王維（699-761）〈辛夷塢〉的「木末芙蓉花，山中發紅萼。澗戶寂無人，紛紛開且落」。駱玉明（1951-）《詩裡特別有禪》說道：「山谷溪澗之處，辛夷自開自落，不為生而喜，不為滅而悲。它有美麗的生命，但這美麗並不是為了討人歡喜而存在的，更不曾著意矯飾，故作姿態。」移用來詮釋洪郁芬筆底的「蓬萊毛茛」，可謂是同樣熨帖，「不問山為人知否」正道出洪氏不為文章傳世喜、不為文章沒世悲的心態。這不動之心，洪郁芬形容為：「無色的謐靜中停息／花夜」，雖被繁「花」圍繞而目中「無色」，縱在靜「夜」寂寥裡而不感枯竭，自在「停息」，頗接近《六祖壇經・頓漸品》的偈語：「心地無亂自性定，不增不

減自金剛」。

　　創作之外，也可用禪的眼光看待人生。洪郁芬俳句「山路盡頭之極／櫻花開」蘊含深一層哲理：在「盡頭之極」的時空點上，回首前塵，無限往昔容易導人傷春；而盡頭既至，以後便是萎落的命運，這兩種想像都教人灰心。與其如此，何若不思過往，不思未來，只全心投入當下「櫻花開」的場景呢？不思未來，讓洪郁芬恰似朱自清（朱自華，1898-1948）所言：「但得夕陽無限好，何須惆悵近黃昏？」不思過往，讓曾經因觀照「風信子」而「將寂寥綑綁成果」的她轉而道出：「披著清晰的日影／風信子」，擺脫了舊日時光不再的陰霾，以「清晰」的心靈享受此際、此刻。洪郁芬的另一俳句「扭開玻璃瓶鋁蓋／臨夏」也是說的這一道理：「雲在青天水在瓶」，臨夏暑氣上升，便開瓶蓋喝飲料降溫，正如《五燈會元》所教，「飢來吃飯，困來打睡」。

　　總結以上，洪郁芬的俳句顯示出完整的思維階段：從迷惑的傷春到嘗試有為，由與自然交流漸而融入其中，再昇華至以道、佛調御心靈，其間脈絡，對於讀者相信亦有啟發。固然，現實中的俳人不可能「住不退轉」，即使深諳佛道，一剎那仍可能傷春失意、自尋煩惱起來。在這條「迷即眾生，覺即菩提」的道路上，真實的洪郁芬應該還有基督宗教的他力支持，如「以平靜的時刻為家／一日春」，「平靜」實出自《聖經》（*Holy Bible*）的〈以賽亞書〉（"Book of Isaiah"）：「主耶和華

以色列的聖者曾如此說：『你們得救在乎歸回安息，你們得力在乎平靜安穩。』」另外，「飛落可安歇的水邊／風箏」乃出自著名的〈詩篇〉（"Book of Psalms"）：「耶和華是我的牧者，我必不致缺乏。他使我躺臥在青草地上，領我在可安歇的水邊。」洪氏俳句思想繁富，其心靈花園紆餘委曲，著實叫人讚歎。

使讀者更感怡悅的是，洪郁芬寫「春」的俳句均能運用上乘技巧，文質俱備。華文俳句的三條審美準則是：二項組合彼此能起襯托對比作用；兩個事物不即不離；簡約留白。以「蒲公英棉絮／夢裡草原的盡頭」為例，草原寬廣而蒲公英渺小，草原不動而蒲公英飄飛，以及草原的油綠能夠映照蒲公英的白色等，均屬鮮明強烈的對比；夢與蒲公英棉絮是不同事物，但兩者都有輕、矇矓的特質，能夠扣連；留白方面，句中的「盡頭」是指棉絮確實飄到極遙之地，抑或僅指其墜落近處，旅程很快就結束，這點可交讀者自行想像。洪郁芬借飄飛的蒲公英棉絮，寫的是那個懷著上進心態，想要擴展影響的自己，與前引「盡全力的輕巧／蝴蝶飛」第一解相應。

除華俳的三項審美標準外，洪郁芬又活用其他藝術手法，如製造「悖論」，大大加強了作品的張力。「盡全力的輕巧／蝴蝶飛」自不待言，「全力」與「輕巧」存著矛盾，其並置惹人細思。「狂歡節／渴望戴上面具的臉」更屬神來之筆，原因是人們在狂歡節能擺脫平日的束縛枷鎖，顛覆秩序，大鬧特

鬧，理應卸下假面，盡情釋放自我；可是狂歡節的舞會上，人們又都渴望戴上另一副面具，把真容掩蓋，這一矛盾的處境誠然能引起讀者更多的思索。按：洪郁芬「狂歡節／渴望戴上面具的臉」能夠注釋其冥合《老子》：「孰知其極？其無正。正復為奇，善復為妖」的道家思想。

讀者確實應運用聯想力，去發掘洪郁芬春季俳句所可聯繫的其他文本。新一代的讀者來看「福壽草／融冰的時刻」，不妨連上初音未來（HATSUNE Miku）的歌曲〈福壽草〉，除卻增加親切感外，〈福壽草〉歌詞提及以幸福的愛情溶解人內心淡淡的不安，也有助發明洪郁芬俳句的新義。洪郁芬華俳用詞非古，卻常能引導讀者思及古典文本，我在上文已帶出頗多例子。然而讓我最覺驚喜的，乃是「鐵路黯淡的鈴聲／櫻花雨」，洪郁芬選用了「雨」和「鈴」，適好柳永（約987-約1053）聞名遐邇的〈雨霖鈴·寒蟬悽切〉寫過：「今宵酒醒何處？楊柳岸、曉風殘月。此去經年，應是良辰好景虛設。便縱有千種風情，更與何人說？」完全能配合洪郁芬筆下「鐵路」所象徵的記憶已遠，且昔人已消失在今日生活中的「黯淡」情境，令二行華俳增添更濃烈的傷懷氣氛，層次益形豐富。

綜合全文，透過華文俳句，讀者能夠進入洪郁芬的心靈花園，在繁花似的起伏思潮、精緻細膩的佈置技巧中吸取養分，甚至能提著自己的樂器，到園中和鳴合奏，用聲音碰撞出文本的更多可能性。以上討論僅限於《渺光之律》春季俳句的部

分，其餘夏、秋、冬三季，以及洪郁芬隨時揮就的佳作，都尚有無窮無盡的空間，等待讀者、研究家持續探索。合理論建設、文本實踐、評論析說、讀者參與四者，二行華俳的發展當能步向完熟，在國際俳壇樹立起鮮亮的旗幟。

松山・俳人・少爺：
永田満徳俳句的聯想

　　永田満德（NAGATA Mitsunori, 1954-）是我未得機緣晤面的俳句名家，但從他俳人協會熊本縣分部長的身分、由熊本日日新聞社出版《新くまもと歲時記》，以及著有《漱石熊本百句》等經歷發軔，我總是會聯想到曾在熊本縣立第五高級中學（現熊本大學）擔任英語教師的夏目漱石（NATSUME Sōseki, 1867-1916）。夏目漱石赴任九州熊本之前，是在四國愛媛縣的松山中學（現松山東高等學校）授業，松山的經驗日後對夏目氏小說《少爺》（『坊っちゃん』）自有深刻影響。由於《少爺》一再翻拍成電視劇，如2016年二宮和也（NINOMIYA Kazunari, 1983- ）擔綱主演的版本，給我留下了非常清晰的光影印象，故當閱讀洪郁芬漢譯的永田滿德俳句時，我竟也不知不覺地，常以二宮和也的《少爺》對照永田氏的佳構，以致產生出頗為另類的詮釋。

　　在我看來，永田滿德的俳句常常——儘管是偶然地——能與二宮和也的《少爺》情節相應。二宮和也飾演的「少爺」來到愛媛縣立松山中學當數學教師，值夜當晚，學生把蝗蟲放進

他的蚊帳，一場惡作劇令他大感生氣，立即便興師問罪，到寄宿生的住處質問起學生，結果「少爺」一夜不寐，學生亦不得就寢。永田滿德寫道：「是黎明的音色或聲色／留下的蟲」，這大概是學生察覺到破曉將至、稍稍後悔因「留下的蟲」而闖禍時的心聲吧。

「少爺」和學生的關係一直有點緊張，學生們會將「少爺」一口氣吃了四碗天婦羅蕎麥麵或兩盤糰子的事寫在教室黑板上，借以取笑。面對種種壓力，並不十分適應松山生活、唯獨對當地溫泉情有獨鍾的「少爺」常常會去泡澡減壓，甚至要在池中游起泳來，學生們於是在黑板上寫：浴池裡禁止游泳。永田滿德的俳句云：「日照楓紅／浸泡過多的溫泉」，似乎很符合學生群認為「少爺」浸泡得「過多」、放鬆得「過多」的想法。翻查小說，「少爺」會帶一條紅色的西式大毛巾去溫泉，但經熱水一泡，紅色的條紋就暈染開來，令它整條發紅，學生們因此用「紅毛巾」來喊「少爺」。永田滿德的「日照楓紅」意外地與「紅毛巾」異曲同工，能夠藉「紅」來暗指喜歡泡溫泉的「少爺」。

電視劇中，出乎眾生員意料之外的是，「少爺」並不介意他們在黑板上寫禁止游泳的話，反而誠懇地就違反浴池規定的事向學生致歉，令學生認識到，「少爺」討厭的並非惡作劇，而是不承認錯誤。永田滿德的俳句「結草蟲之蓑／設防或不設防」意義豐滿，結草蟲的護囊與遮風擋雨的「蓑」相似，彷彿

對外界嚴密「設防」，但幼蟲老熟後也在「蓑」中化蛹，那時候的結草蟲最「不設防」——同樣是「蓑」，卻兼具昆蟲設防與不設防的雙重性。這適合拿來比喻二宮和也的「少爺」，其教師角色就如「蓑」，讓他看起來處處對學生「設防」，可同時他能夠隨時放下老師身段，坦率「不設防」的態度讓學生大感出奇，對「少爺」的好感度也提升不少。

「少爺」的教職生涯後來突告終斷，是由於他捲入了學生群的鬥毆事件。在通過橋梁時，松山中學的生員一般都會禮讓師範學生；發生碰撞時，中學生均會向師範生道歉。可是一次，松山中學的某位同學就像永田滿德所寫的：「打鬥陀螺／離手後意氣風發」，不僅拒絕向碰到肩膀的師範生致歉，還煞有介事地引用一休宗純（Ikkyū, 1394-1481）過橋之事蹟，反唇相譏，其「意氣風發」的舉動立即引發中學、師範兩批學生互毆。這時候，「少爺」和數學主任「豪豬」剛好經過，他們想要制止一個個「打鬥陀螺」，卻遭記者拍下照片，在報章上被曲解成帶領學生尋釁滋事，受到抨擊。

事情的結果，用永田滿德的俳句形容，便是「一人離去兩人離去／暮色裡的櫻」——「少爺」與「豪豬」向校長辭職，離開學校，「少爺」如「櫻」的教學生涯轉瞬迎見了「暮色」，需要閉幕。臨行之前，為人正直的「少爺」不忿教務主任「紅襯衫」的偽善，回過頭來給了他一記重拳。永田滿德所寫：「犀牛角／來頂撞人世的春天罷」，正好用來形容「少

爺」。「少爺」的性格有棱「角」，曾經打過銀行高層，「頂撞」中學校長已屬小事，這次則舉起「犀牛角」似的拳頭，將春風得意的教務主任打翻在地。雖然老傭人阿清常提醒「少爺」戒用暴力，但也許就如永田滿德名句所言：「肌肉為男人衣裳／寒季」，在壞人當道、是非混淆的道德「寒季」，揮動拳頭的「肌肉」乃血性男兒最吸引人的「衣裳」，唯有靠它才能體現通體運行的正氣。

　　被打倒在地後，教務主任「人世的春天」亦同時結束。電視劇尾聲，教務主任的未婚妻瑪丹娜毅然與人私奔，向來阿諛奉承的畫學老師「馬屁精」也開始反抗起他，而學生們則在黑板上寫下瑪丹娜逃婚之事，令他既羞且怒。永田滿德寫道：「主震後的空白／夏燕」，這「主震」可以指「少爺」拳擊帶來的震盪，也可指瑪丹娜悔婚消息引發的巨大震撼，教務主任的腦袋由是一片「空白」；醒來後，他發現已與夢中情人「燕」子分飛，而不滿自己的聲音卻如「夏燕」騰空，昂揚勃發，無可控勒，其在校內的地位已明顯一落千丈了。值得留意的是，學生群亦用「紅襯衫」來稱呼這位教務主任，嘲笑起他的花裡胡哨、浮華不實，大概他們也認同：陽剛的「肌肉」，方為「男人衣裳」。

　　電視劇《少爺》的副線是「青南瓜」古賀老師與瑪丹娜的愛情故事，這在永田滿德的俳句裡也能找到對應內容。教務主任得悉瑪丹娜喜歡古賀，因而藉機將古賀調到九州的延岡。送

別會上，幾乎所有出席者都沉溺在美酒女色之中，不太理會應該是主角的古賀，唯有「少爺」真正關心起這位同事的處境。永田滿德說：「月如明鏡／公車停靠每個橋名」，明月可以比作「少爺」，他不說假話、客套話，像「鏡」般直接映照出古賀不願坦露情感的缺點；四處「停靠」的公車則可喻指其他老師，他們見風使舵，繞著教務主任轉，在歡送會完結後還攜酒女踏過「橋」，要到另一家酒館再「停靠」尋尋樂子，絲毫不顧古賀感受。

　　用永田滿德的俳句形容古賀，最切當的是「蝸牛／無論如何都要走」。首先，蝸牛背負大殼，猶如古賀一肩擔起家庭開支，他之所以答應往延岡去，就是出於經濟方面的考慮，「無論如何都要走」。更深入看，古賀的個性內斂，連說話也慢騰騰的，恰似罩在甲殼底下的蝸牛；然而，在得到「少爺」語重心長的提點後，古賀嘴上雖不說，內心卻已決定面對自己的感情，「無論如何都要走」。他找到瑪丹娜，繞圈子地誇了教務主任一大輪後，終於鼓起勇氣，向她示愛。永田滿德的「水黽／不抵擋漩渦的流動」令我產生三重聯想：其一是以芸芸聽命於教務主任的老師為「水黽」，他們唯唯諾諾，只知附和，從不抵擋強大的「漩渦」，一味贊成教務主任的見解；其二，是以教務主任這一卑鄙小人為「水黽」，如前所述，他最終敵不過內心如「漩渦」般強大的「少爺」，以致喪失了校內楷模的地位；其三，即是以古賀為「水黽」，他渺小、軟弱，不能

「抵擋」教務主任的強者形象，幸好也不能「抵擋」來自「少爺」的「漩渦」式大力勸導，更不能「抵擋」內心勝似「漩渦」的愛情，故終能隨著心意而「流動」，並贏得瑪丹娜的回應。

　　永田滿德的俳句還與《少爺》的幾個細節或設定相合，例如電視劇裡一幕，老傭人阿清收到「少爺」來信後，知道他一到學校就給同僚取外號，其內心立即便燃起「酷暑」般的擔憂，在「椅子」上抬起頭，牽動「鎖骨」，若有所思，並隨即發出「苦的一鳴」，於覆函裡提醒「少爺」只能跟自己說起這些怪外號，還附上護身符，諄諄勸他注意脾氣。以上完全對應永田滿德的俳句：「酷暑／椅子上鎖骨苦的一鳴」。

　　永田滿德亦寫過「通勤車／月娘賞臉即旅途」，這令我想到《少爺》的小說中，「少爺」到松山後乘火車、人力車前往學校，到達時那裡已經下課，天色漸黑，這「通勤」的「旅途」上或許也能看到初探出頭來的「月娘」。現在到松山市旅行，遊人亦能乘搭「少爺列車」，不過通常時間甚早，遲不過下午四五點，難得有「月娘賞臉」的機會。至於永田滿德寫的：「熱帶夜／沉溺般的翻身」，則跟「少爺」投宿山城屋旅館，被安排到又悶又熱的房間過夜相近。「少爺」翻來覆去，「沉溺」在周圍環境的不堪中，怎麼也睡不著，要到之後搬進十五疊大的房間，才轉成另一種「沉溺」，自在舒坦地翻身深睡。

人物設定上，教務主任喜歡西洋事物，會把國外進口的油畫掛在學校正門大堂，會逛西洋畫展，會大談透納（J. M. W. Turner, 1775-1851）的畫風，可是學校的員工、生徒、瑪丹娜等都不太能夠理解他的喜好，看畫看得頭直「發癢」，對教務主任的「拾潮」行為大感疑惑。永田滿德俳句所說：「地球是否發癢／拾潮」，很能夠應合電視劇中眾多角色對西洋藝術逐漸流入的感想。原著小說中，「少爺」曾認為數學主任「豪豬」的立場不明，用永田滿德的話來說，便是覺得其心聲像「較之雨聲還隱晦的／初蛙」；行事直接、缺少心機的「少爺」不能諒解這種「隱晦」，他渴望著「豪豬」能明確指出誰是誰非、誰黑誰白，好讓自己清楚應該站在哪一邊。論述至此，永田滿德見於《華文俳句選：吟詠當下的美學》的作品共計二十篇，而其中最少十六首能與《少爺》產生連結。

　　還有，永田滿德的「破蓮／這兒那兒照映的雲」想像奇特，富於深意，韻味無窮；撇開作者本意，我卻從「破蓮」想到飽受磨折，並配合「雲」而憶起司馬遼太郎（SHIBA Ryōtarō, 1923-1996）以克服人生崎嶇為主題的長篇小說《坂上之雲》（『坂の上の雲』）。《坂上之雲》的主角是三位出身松山市的名人，即在日俄戰爭建立殊勳的軍事家秋山好古（AKIYAMA Yoshifuru, 1859-1930）、秋山真之（AKIYAMA Saneyuki, 1868-1918）兄弟，以及現代俳句風潮的領袖正岡子規（MASAOKA Shiki, 1867-1902），他們均與夏目漱石有著或深

或淺的聯繫，而各各在其專長範疇、「這兒那兒」地「照映」出光芒來。正岡子規直接啟導過夏目漱石創作俳句，他和弟子高濱虛子（TAKAHAMA Kyoshi, 1874-1959）主持的《杜鵑》（『ホトトギス』）雜誌則是夏目漱石小說，包括《少爺》發表的重要園地。另外，正岡子規和高濱虛子這兩位俳句名家均曾就讀於《少爺》的故事背景松山中學。當我閱讀永田滿德，想起俳人，想起松山，想起「少爺」學校裡的種種，似怪非怪，原來冥冥之中，早有一條隱祕的線索在。

永田滿德以日語創作，所寫固然不屬「華俳」；但經由漢譯及改為兩行排列之後，其傑作清晰地示範了「切」與「二項組合」的運作方式，能予華文俳句社的主張提供重要參考，這亦是《華文俳句選：吟詠當下的美學》特別收錄其俳句的原因。本文表述了筆者在閱讀永田滿德俳句時的無羈聯想，脫離原作者的意圖，當然算是「誤讀」；然則這一嘗試，或許能做為讀者注入個人經驗、喜好、學識以理解俳句含義的例子，發掘出俳句接收的更多可能，希望對華俳乃至國際俳句的閱讀，能達到拋磚引玉的效果。

互文織網的聯想與新詮：
讀洪郁芬《渺光之律》的夏季俳句

　　羅蘭・巴特（Roland Barthes, 1915-1980）曾指出，文本乃容納各種非原始寫作的多維空間，由各種訊息、回音和文化語言交織而成，因此在閱讀一篇作品時，讀者會記起先前的文本並觸發豐富的聯想，在腦海中猶如織出文本際性之「網」。透過於這張網中來回穿梭，茱莉亞・克莉斯蒂娃（Julia Kristeva, 1941-）在訪談錄《思考之危境》（*Au Risque de la Pensée*）表示，文本自身的藩籬會被跳越，更寬廣的背景將為詮釋而敞開[1]。

　　我在閱讀華文俳句社所倡議的二行華俳時，嘗舉郭至卿「桌上的咖啡杯／翻開的詩集」、洪郁芬「一半的故鄉與此鄉／月陰」、「福壽草／融冰的時刻」、「鐵路黯淡的鈴聲／櫻花雨」，以及該社顧問永田滿德的作品為例，探索個人「經驗」、「喜好」及「知識」如何有助展開俳句的複義。新解永田滿德諸作時，筆者偏重於以個人觀影經驗為切入點，僅配以

---

[1]　茱莉亞・克莉斯蒂娃（Julia Kristeva），《思考之危境：克莉斯蒂娃訪談錄》（*Au Risque de la Pensée*），納瓦蘿（Marie-Christine Navarro）訪談，吳錫德譯（臺北：麥田出版，2005）143。

少量有關夏目漱石和司馬遼太郎的文藝資訊發揮；此番細閱洪郁芬《渺光之律》裡的夏季俳句，乃轉向以文史宗哲方面的知識為析說工具，看洪氏華俳與這些範疇的文本如何連結成「網」。

跨越岩石無反顧
夏日河川

王維寫「明月松間照，清泉石上流」，河川一樣越過岩石，水流卻是平靜的，使讀者也受寧靜氣氛的感染，油然有出世之想，嚮往起山居的秋暝來。洪郁芬的「夏日河川」則相反，雖千萬岩障而吾往矣，「跨越」險阻，義無「反顧」，近似荊軻（？-前227）赴秦時的羽聲慷慨，頗可激勵入世精神，令讀者的心靈也化成洶湧「河川」，奔騰向前。古代男子，宗慤（？-465）「乘長風破萬里浪」的氣魄與此「夏日河川」相似；但若用女性比照，單就氣勢說，或可引李清照詞擴大聯想：「天接雲濤連曉霧，星河欲轉千帆舞」，「九萬里風鵬正舉。風休住，蓬舟吹取三山去。」

愛或不愛
花已葉

從字面上看，洪郁芬這首俳句不難令人想起扎西拉姆‧多多（談笑靖，1978- ）的詩歌〈班扎古魯白瑪的沉默〉——你愛，或者不愛我，愛就在那裡，不增不減。扎西拉姆‧多多自述創作緣起，是想要銘誌藏傳佛教開山祖蓮花生（Padmasambhava）對信徒的關顧，然而讀者一般仍從愛情角度理解其詩。談到情愛，陶傑（曹捷，1958- ）散文〈如果纏擾是一種罪〉寫道：「愛上一個人，就像心底長出了像蔓藤一樣的植物，把她緊緊地纏住……她不愛你，但她不能阻止你一生暗暗地愛她。她對你冷酷得像一堵石牆，你不必把這堵石壁砸毀，只須讓你的蔓藤爬滿堅硬的心牆……欣賞著月光下你的愛戀慢慢地滋長」，說的正是無論所傾慕的對象「愛或不愛」，鍾情者都能持續栽培心底的感情，讓愛意「花已葉」，不斷地成長。

要是回說佛教，洪郁芬「愛或不愛／花已葉」亦可與王維深蘊禪意的〈辛夷塢〉合璧。〈辛夷塢〉云：「木末芙蓉花，山中發紅萼。澗戶寂無人，紛紛開且落。」王維筆下的山中之花經歷「花已葉」的過程，自開自落，不因為他人的喜歡或否而成長，外間的「愛或不愛」對它毫無影響。風動，幡動，仁者之心不動，洪郁芬的春季俳句「蓬萊毛茛／不問山為人知否」也表現過相同的禪思。

愛之盡

白蟻的黑羽滑落

　　愛情開花結果，昔日好高騖遠的人願意為配偶改變，如一隻白蟻將黑羽脫落，開始腳踏實地過生活。更加理想的情況是：那人像蟻除去了「黑」的、不良的部分，只保留「白」的、美好的特質，成為了顧家愛家的模範——尋歡買醉之士成家立室以後，確有不少搖身一變，變得鍾情又專一，令人刮目相看。

　　可是用悲觀的心情看，「愛之盡」似乎亦暗示了愛情走到盡頭，婚姻是墳墓，熱戀的感覺早就煙消雲散。哈金（金雪飛，1956-）的《等待》（*Waiting*）寫孔林守了足足十八年，頭上「黑」髮都將變「白」了，才終於和吳曼娜結成夫妻；沒料到婚後孔林既空虛，又困惑，「愛之盡」，長久的等待已使他失去愛的能力，不再像有「黑羽」的白蟻飛翔，而是從幸福的翅膀上「滑落」了。

　　銀河
　　生命各自蛻變

　　以比喻義來談，這首俳句能夠延續上述對《等待》的聯想。《古詩十九首·迢迢牽牛星》謂：「河漢清且淺，相去復幾許？盈盈一水間，脈脈不得語。」其中的「河漢」、「一

水」皆指「銀河」，肉眼看來雖是既清且淺，卻足以隔絕了含情脈脈的牛郎與織女。《等待》的孔林和吳曼娜也被一紙婚書的「銀河」阻擋，十八年來「生命各自蛻變」，到最終能結為夫婦，卻發現當初的喜悅、激情已不復存在。《等待》以外，分隔之人因經歷不一樣了而「各自」變心的故事，當然也並非新聞。

洪郁芬這首俳句的正解是銀河系異常遼闊，直徑達於十萬光年以上，其中逾千億顆行星定然有著「各自」不同的「蛻變」，能孕育出迥然有別的「生命」。人類仰觀銀漢，一般是自嘆渺小，洪郁芬卻標示「生命」的獨特，顯得不亢不卑。這大概有來自《聖經》的傳統，如〈詩篇〉的一位作者在揚聲高喊：「我觀看祢手指所造的天，並你所陳設的月亮星宿。人算什麼」後，立即興起對神的讚歎：「祢竟顧念他！世人算什麼，祢竟眷顧他！」獲得神恩的人類，縱身處無邊宇宙，仍能找到自己的定位。

在松崎鉄之介（MATSUZAKI Tetsunosuke, 1918-2014）的俳句「拓本の老いし李白に破れ蓮」裡，除了拓本漸舊而形似「破蓮」外，「蓮」字也暗合李白「青蓮居士」的名號，故俳人用「破蓮」對照出現殘損的李白詩文拓本實在合適不過。洪郁芬的「銀河／生命各自蛻變」有可能運用與姓名相聯的雙關義嗎？姑且附上歪解一則：李銀河（1952- ）是中國著名性學家，她認為「生命各自蛻變」，LGBT+雖有差異而無高低，故

公開支持自發性的同性戀、虐戀等等，有時頗惹爭議。

> 紫陽花開
> 遁入幽間細徑

　　紫陽花因土壤酸鹼度不同而會出現花色上的變化，故被視為見異思遷的象徵，加上其有毒不可食用，更容易遭人附會無情、殘忍等意涵。變態漫畫〈十字路の三人〉結尾，成為鬼的三人組以其中一位鮮花般的美色來勾引路人，使獵物「遁入幽間細徑」，雲雨一場後即加以殺害，基本能與紫陽花的負面聯想完全對應，但有關題材太敏感，茲不詳述。中國古代文獻亦載有不少妖精鬼怪以姿容誘人「遁入幽間細徑」的故事，如《太平廣記》的〈李黃〉中，蛇精以紫陽花般的「絕代之色」迷惑男主角，即屬一例。

　　只不過，中國人對紫陽花的印象其實頗為正面，以美滿、團圓、健康、有耐力的愛情作為紫陽花花語。洪郁芬所寫，大概是紫陽花盛開，其燦爛使勞勞碌碌的城市人亦願意放慢腳步，「遁入幽間細徑」去，讓自然界撫慰忙亂的心靈。擴大來看，紫陽花也能比喻作俳句，吟詠當下，即能飛離急攘攘蠅爭血的現實，在小小篇幅的「幽間細徑」裡徜徉。

　　「遁入」令人想起「遁入空門」，這「幽間細徑」當然也可導出宗教意味來。白居易（772-846）〈紫陽花〉嘗言：

「何年植向仙壇上，早晚移栽到梵家」，已將紫陽花繫連仙、佛二道。用洪郁芬自身的基督教信仰來說，「幽間細徑」也應合〈馬太福音〉（"Gospel of Matthew"）：「你們要進窄門。因為通往滅亡的門是寬的，路是大的，進去的人也多；通往生命的門是窄的，路是小的，找到的人也少。」

從變態漫畫跳到宗教聖典，這聯想的廣度是非常誇張了。只從感覺來把握，我讀「紫陽花開／遁入幽間細徑」，想到的是李商隱（約813-約858）「尋芳不覺醉流霞」，或〈落花〉中的「高閣客竟去，小園花亂飛。參差連曲陌，迢遞送斜暉」，享受有之，唏噓亦有之。

　　攜手下坡
　　麥秋

農曆四、五月間冬小麥成熟，可以收割，於是人們把初夏喚作「麥秋」。表面來看，洪郁芬此俳似是寫農作物豐收，力耕的男女欣喜地「攜手下坡」，場面純樸而浪漫，洋溢著新夏的溫暖。然而「下坡」含有負面意思，「麥秋」在日文俳句裡也常與飢餓、貧乏、死亡相聯，故將「攜手下坡」理解為共同面對逆境，似亦合適。宋朝王安石（1021-1086）主持變法，他有見農民每年五月——「麥秋」時有所謂「青黃不接」的問題，即陳糧已經吃盡，新莊稼又未成熟，生活困難，於是便推

出「青苗法」，由朝廷向農民放貸，背後實有著「攜手下坡」的良好動機，只可惜最終事與願違。

　　洗髮
　　那些成泡沫流逝的

　　以頭髮變化象徵歲月流逝，李白〈將進酒〉「朝如青絲暮成雪」相當有名；現代詩中，鍾鼎文（鍾國藩，1914-2012）寫過：「寄一切風情於髮吧，／髮是慣於打著旗語的青春底旗。／／而我，已經年逾四十，／在髮裡早有了叛逆的潛藏。／一旦這些叛逆們公然譁變，／從邊陲起義，問鼎中原。／我的髮將成為白色的降幡，／迎接無敵的強者之征服。」其髮絲謀反的想像，頗為新奇。彷彿與之呼應，尹玲（何金蘭，1945- ）在〈髮或背叛之河〉寫道：「其實　打一開始／它就蓄意背叛／從未猶豫／嘩嘩由西向東／無視痴心的黑／恣縱地走向白／任你如何誘迫」。

　　洪郁芬為「髮」加入的新意，是藉洗髮精產生之「泡沫」，為歲月的「流逝」更添一重人生如「泡沫」、空幻的感嘆。鳩摩羅什（Kumārajīva, 344-413）所譯《金剛經》謂：「一切有為法，如夢幻泡影，如露亦如電，應作如是觀」，以及《聖經》中〈傳道書〉（"Ecclesiastes"）所說的：「虛空的虛空，虛空的虛空，凡事都是虛空」，皆可能為洪氏此俳提供宗

哲基底。

宕開一筆：《史記‧魯周公世家》記載周公旦在「洗髮」之時，總會害怕遇見賢人的機會如「泡沫」般「流逝」，因此「一沐三捉髮」，接待突然而至的賓客亦絲毫不敢怠慢，堪稱為政者的典範。

習得天籟之途
蟬聲

五島高資對此作大加讚賞，認為它兼具「天籟」、「地籟」與「人籟」，其說甚為恰當。換個角度，或許亦能說洪郁芬在俳句裡實現了「儒」、「釋」、「道」三家的合流。在佛教而言，華文創作常常以「蟬」字同音衍義為「禪」，其用例俯拾皆是，加上蟬又名「知了」，「知」是智慧，「了」是覺悟，這都與釋氏尋求覺悟的智慧相符，聯想起來似無難度。

至於儒家，蟬能象徵高潔、有操守，此為君子之特質，李商隱的〈蟬〉便曾借以自比：「煩君最相警，我亦舉家清」，表明自身清白如蟬，德行不汙。宋儒視私欲與道德對立，而道德即為天理，如《河南程氏遺書》記載程顥（1032-1085）、程頤（1033-1107）說：「不是天理，便是私欲……無人欲即皆天理。」又謂：「人心私欲，故危殆。道心天理，故精微。滅私欲則天理明矣。」聽「蟬聲」而「習得天籟」，可理解為

君子從蟬的高潔自警，更加向天理靠近，拒絕卑下的私欲。

　　道家方面，「天籟」一詞事實上出自《莊子·齊物論》：
「女聞人籟而未聞地籟，女聞地籟而未聞天籟夫！」同在《莊
子》一書，〈達生〉篇有「痀僂者承蜩」的寓言，敘述駝背
老人黏蟬，容易得像是從地上拾取一樣，其祕訣為：「我有道
也……吾處身也若厥株拘，吾執臂也若槁木之枝，雖天地之
大，萬物之多，而唯蜩翼之知。吾不反不側，不以萬物易蜩之
翼，何為而不得！」在「蟬聲」的烘托下，老人分享了「習得
天籟之途」──用志不分，乃凝於神，深深地融入自然之中，
而這也是道家「無己」的修養方式。

　　清涼
　　鋼琴廳電梯下樓

　　作家描寫聲音，有時濃墨重彩，如黃國彬（1946- ）〈聽
陳蕾士的琴箏〉寫道：「十指在急縱疾躍，如脫兔／如驚鷗，
如鴻雁在大漠陡降；／把西風從竹林捲起，把木葉／搖落雲煙
盡斂的大江。／／十指在翻飛疾走，把驟雨／潑落窗格和浮
萍，颯颯／如變幻的劍花在起落回舞，／彈出一瓣又一瓣的朝
霞。」洪郁芬卻惜墨如金，只寫乘坐電梯下樓到鋼琴廳去，邊
接近演奏之所而內心邊生出清涼之感（或：步出鋼琴廳，乘電
梯離開，而剛才演奏所喚起的清涼感依然不散），讓讀者自行

想像琴音的清脆悅耳；至於樂章的美妙、演奏者的技巧、投入的感情等，雖皆不著一字，但從「清涼」的洗滌心靈效果來說，也足以使人領會了。洪郁芬這首俳句，確實極含蓄蘊藉。

同樣是運用側寫之法，略作補充：宋徽宗（趙佶，1082-1135，1100-1126在位）試畫家，出題曰「踏花歸去馬蹄香」，中選者不畫花，卻以蝴蝶追逐馬蹄來表現「香」字，巧思入神，洪郁芬此俳與之相似。若說洪氏表現的是琴音而非香氣，則不妨借齊白石（齊純芝，1864-1957）的「蛙聲十里出山泉」類比，該畫亦不畫蛙，只以蝌蚪暢游急流之中，來傳遞無聲勝似有聲的歡欣蛙鳴，與洪郁芬透過「清涼」暗送的樂韻遙遙和應。

　　星沫滿天飛
　　水平線

洪郁芬所寫的，是日光高懸在遠方水平線上，映照得海面泛起點點金光，猶如星星，而在浪波之中，這些光點又彷彿濺起之沫——固定的水平線和暗湧的星沫共同交織出一幅靜中有動、動中有靜的畫面。說是「滿天飛」，因為星點一路延伸，去到水平線的位置，而水與天又已連成一色，難分彼此，所以感覺星沫是在空中飛舞。

蘇軾氣勢磅礡的〈念奴嬌·赤壁懷古〉上闋裡，詞句「亂

石穿空，驚濤拍岸，捲起千堆雪」，乃以「滿天飛」的雪借喻浪花，與洪郁芬的「星沫」異曲同工。當然，由於篇幅不同，蘇軾詞所寫之景更為豐富，另有東去的大江、殘存的故壘、如畫的山水；蘇軾更因想起年少有成的周瑜（175-210），而流露對自身投閒置散的傷感，最終因看透「人生如夢」，才以豁達的態度自遣悲懷，其內蘊的情意實在較為複雜。然而俳句倒不必妄自菲薄，正岡子規《俳諧大要》嘗言：

> 文章を作る者、詩を作る者、小說を作る者、俄にわかに俳句をものせんとしてその語句の簡単に過ぐるを覚ゆ。曰く、俳句は終ついに何らの思想をも現はす能あたはずと。しかれどもこれ聯想の習慣の異なるよりして来る者にして、複雑なる者を取って尽ことごとくこれを十七字中に収めんとする故に成し得ぬなり。俳句に適したる簡単なる思想を取り来らば何の苦もなく十七字に収め得べし。縦よしまた複雑なる者なりとも、その中より最もっとも文学的俳句的なる一要素を抜き来りてこれを十七字中に収めなば俳句となるべし。

　　吳衛峰翻譯為：「善寫文章、新詩的人，一開始寫俳句，會覺得過於簡單，於是提出疑問：『俳句到底能表達什麼思想

呢?」這正是寫作和聯想習慣的差異引出的疑問,因為作者試圖把寫新詩、寫文章小說時的複雜思想表達在短短的十七音中而不得。如果把適合俳句的簡單內容收進來,便不覺苦。即便有複雜思想內容要表達,只要抽取其中最適合用俳句表達的一個要素,也能寫出好俳句。」透過與蘇詞的聯想、比較,洪郁芬的「星沫滿天飛/水平線」正好能向讀者示範俳句本身簡約、截取瞬間感受的特點。

　　同我旋轉的螺
　　潮水夢

　　個人乃至社會,即使不能一路進步,也希望有個螺旋式的上升,在一進一退裡持續向前。隱地(柯青華,1937-)的父親曾對他說:「潮水有漲有退。我的事業不成功,是機會還沒有到。現在的我,正處在退潮的時候。我相信總有一天,屬於我的事業,會有漲潮的時候!」據隱地〈潮水〉所述,父親「一生都在等回音。寫了無數的信出去,當然更等著漲潮的一日」,可是令人黯然的結局是:「而潮水沒有來。在父親的一生裡,潮水從未來過。」父親的「潮水夢」終歸只是一夢,其目標是像「旋轉」的「螺」般向上,卻無法實現。

　　控勒一下無邊的聯想,我理解洪郁芬寫的是夏日沙灘上,俳人掇拾起海螺,放近耳邊,同樣像個「旋轉的螺」的耳朵便

接收到其中藏著的濤聲，整個人的精神乃亦隨之蕩漾在「潮水夢」裡，不知我是螺，抑或螺是我，如同「莊周夢蝶」，幾達物我兩忘之境⋯⋯

　　張潮（1650-1707）《幽夢影》說：讀諸集宜春，讀史籍宜夏。值此春日之際，展閱夏俳，我聯想到的文獻即多屬史、集範圍，而偶涉經子，試圖在互文織成的大網上，記錄讀洪郁芬作品的所思。「書冊埋頭無了日」，若是拋開「知識」，根據「喜好」來做聯想，應該又能看見不同的風景。此刻暫時拐出書山路，播「甘党男子」的〈パイナポー〉、〈スイカ〉，聽「IDOLiSH7」和「TRIGGER」的〈NATSU☆しようぜ!〉，等「Contact+」已畢業的こうき唱出「6畳半ディスコスター泣きのsummer tune　完全革新メイカー　手を挙げろ」，一樣的夏季，盛開不一樣的花，如同讀俳句，渺光中應有千變萬化的音律。

輕快準顯繁的美學：
讀郭至卿《凝光初現》的春季俳句

　　伊塔羅・卡爾維諾（Italo Calvino, 1923-1985）在未完成的《給下一輪太平盛世的備忘錄》（*Six Memos for the Next Millennium*）裡提出了五種重要的文學價值，分別是「輕」（Lightness）、「快」（Quickness）、「準」（Exactitude）、「顯」（Visibility）、「繁」（Multiplicity）。稍作淺度了解，「輕」可指舉重若輕，「快」可指節奏迅捷，「準」可指意象選用切中所需，「顯」可指視覺效果突出，「繁」可指文化內蘊深廣，而這些都是郭至卿《凝光初現》春季俳句的特點。

　　華文俳句有它特別的審美要求，每首作品必須包括一組二項對照，而對照的兩樣事物必須有著「不即不離」的關係，避免因距離太遠而失去聯繫，或距離太近而失去詩味。郭至卿的藝術觸角敏銳，其俳句經常能切中這種「不即不離」的微妙距離，配搭出極精「準」的組合。

　　舉例來說，「薔薇芽／白紙上的詩題」中，植物的芽與紙上的文字本無相涉，但薔薇的細芽正好與一般詩題的短小對應，而有了詩題，作者的情思預備在紙上伸展、鋪開，也恰恰

和人們期待薔薇發芽後滋長、生成相合；詩是動人燦爛的，那將盛放的薔薇同樣美豔可期。類似的篇什還有「桌上未拆的情書／含苞的鬱金香」，情信「未拆」將拆與鮮花「含苞」待放的情態相似，情書內容的浪漫又與鬱金香的美麗貼合，相信開封之後，收信人也會「心花怒放」不已；特別的是，紅色鬱金香的花語為「愛的告白」，跟寫情書的目的又再吻合，二行俳句雖則簡約，其二項組合卻有著多重的聯繫。

寫置身自然的人，郭至卿「春耕／感恩讚歌的五線譜」一作可稱巧妙——有時農民確會禮讚春天，為氣溫回暖、復可耘籽而高歌，但即使他們沒有引吭，只是在田地上懷著感恩之情揮動農具，劃出來「五線譜」般的耙痕也都已飽含歡快之感——「五線譜」與耕作本來毫不相干，郭至卿卻藉譜線和耙痕的相似發揮，構成的新組合叫人讚歎。另外，「女孩銀鈴的笑聲／春天的花園」也甚精彩，五島高資特別指出「笑」與「咲」相通，後者指花朵的盛開，肯定郭至卿將「笑聲」和「花園」並聯的「準」確。

從《凝光初現》的春季俳句看，郭至卿「準」的藝術觸角還見於寫人物的俳句，如「穿春裝的女郎／巴黎的陽光」，春裝令人想到時尚之都巴黎，而且其設計和色調也富陽光氣息；同時，穿上春裝的女郎個個臉上有光澤，與明豔的太陽亦能呼應。在郭至卿的「遠足／特別早起的孩子」中，春天的遠足活動與早起的孩子互聯，連結點是孩子們朝氣勃勃，滿有春天的

精神——確實，要是孩子們欠缺這種青春朝氣，對於需要體力勞動的遠足應該不那麼憧憬，而是會拒絕「早起」，起來後也是慵慵懶懶地消耗光陰。

可以說，郭至卿的「準」讓她很好地把握了俳句中二項對照事物「不即不離」的距離感；具鑑賞力的讀者翻閱《凝光初現》時，應該常會有眼前一亮的感覺，為俳人巧妙連結事物的匠心喝采。

除了以「準」為標識外，郭至卿的春季俳句也有不少「繁」的表現，其作品雖用字不多，卻包羅豐富的文化訊息。例如「鏡裡梳髮的女人／池塘邊的柳樹」，前句像李商隱的「曉鏡但愁雲鬢改」，後句的「柳」在古典文學中往往象徵離別，而春天的池邊楊柳又令人想到蘇軾〈水龍吟·次韻章質夫楊花詞〉：「一池萍碎。春色三分，二分塵土，一分流水。細看來，不是楊花，點點是離人淚。」綰合來說，郭至卿俳中對鏡梳髮的女人便是與情人分離，獨守空閨，憂愁著韶光易逝了。

其他展現「繁」的俳句，如「翻開蒙上灰塵的舊相簿／窗戶上清明的細雨」，含蓄地以杜牧（803-852）名句「清明時節雨紛紛」來烘托思念親人時「欲斷魂」的心情——翻開相簿裡的舊日記憶，眼淚也細雨般灑下；「春宵／手握紅酒杯的耳邊私語」寫得簡約，私語的內容被隱去，但從「春宵」提示的「春宵一刻值千金」，或「私語」提示的「夜半無人私語時：

在天願作比翼鳥，在地願為連理枝」，讀者便可猜出「耳邊私語」乃是情話，在酒精刺激下必定令人聽得臉紅心跳──「春宵」與「私語」，分別連結了蘇軾〈春宵〉及白居易的〈長恨歌〉。《凝光初現》聯繫的文本亦不限於中國古典，像「春天教堂的鐘聲／鴿子飛過的天空」一作，參考的是《聖經》中耶穌基督（Jesus Christ）受洗後的場景，〈馬可福音〉（"Gospel of Mark"）謂：「天裂開了，聖靈彷彿鴿子，降在他身上」，〈路加福音〉（"Gospel of Luke"）記載：「聖靈降臨在他身上，形狀彷彿鴿子」，〈約翰福音〉（"Gospel of John"）言：「我曾看見聖靈，彷彿鴿子從天降下，住在他的身上」──鴿子的出現代表聖靈（Holy Spirit）的臨在，郭至卿以《聖經》的典故配合教堂鐘聲，自然營造出更屬靈的氛圍。

華俳篇幅短小，「輕」與「快」似乎是題中應有之義，但郭至卿的佳句仍顯得與別不同。「春山笑／老夫婦牽手散步」只截取一個片段，卻囊括了老夫婦的半生，讓讀者感受到他們共同經歷「山」路一樣的高低波折，一路走來而不離不棄，恩愛非常，寫得舉重若「輕」；句中的背景是沉重的「山」，但「春」為它增添了活力，加上微微一「笑」，翹起的唇角彷彿能「輕」鬆把山舉起，老夫婦的「牽手散步」也就變得無比「輕」盈了。

「快」方面，郭至卿所寫：「務農的雙手／白盤裡蘆筍的翠綠」，前句的手是粗糙的，象徵忙碌的農事，後句的白盤、

翠綠則是雅致的，象徵生活的舒閒，兩項事物對比頗大，轉折甚速，足以啟發讀者思考：甘美的人生，哪裡能離得開苦楚的耕耘？或就城市人的角度言，日常享用的食物，其實皆來自農間的奉獻，那難道不是必須感恩的源頭嗎？藉著對畫面的迅捷刷新，郭至卿結合了「快」的閱讀與「慢」的沉思，正正符合卡爾維諾的主張。

最後是「顯」，意思是作品有畫面，富色彩，能產生強烈的視覺效果。郭至卿「肥皂泡的虹彩／空中的調色盤」已屬「彩」、「色」俱備，「宜蘭童玩藝術節／彩色小風車」則更高明：彩風的小風車烘托出藝術節場地佈置的多彩，讀者們甚至能想見孩童身上衣著繽紛，進而感受他們「彩色」的無憂童年。此外，「春光／未加框的風景畫」令人想到油畫上的多重色彩，它們在柔和春光的照映下顯得格外相融，帶給讀者非凡的視覺享受。

值得強調的是，以上為方便解說，乃按「輕」、「快」、「準」、「顯」、「繁」五者分別評述郭至卿俳句；然而事實上，郭氏諸作常能兼有多種特色，兩行天地的藝術效果絕不限於一端。在上述歸入「繁」的「鏡裡梳髮的女人／池塘邊的柳樹」中，女人的長髮下垂，適能與柳樹的枝條相映成趣，而池塘的倒映又發揮鏡一般的作用，事物與事物的配合可謂「準」確無比；「春光／未加框的風景畫」除了「顯」的視覺之美外，春天自然界處處生氣盎然，「未加框」確實能精「準」地

形容如畫「春光」的無邊無際，美不勝收。

　　兼具「輕」與「繁」的，可舉郭至卿「坐岸邊的老人揮釣桿／水亦暖」為例。說是「輕」，因為它只截取老人輕輕揮動釣桿的片段，就已能側筆寫出社會的富庶、長者生活的安穩，人間是滿滿的「暖」意；說是「繁」，因為這安穩正正是《孟子・梁惠王上》「頒白者不負戴於道路」的寫照，推而想之，俳人筆下的社會當已能做到「養生」而「無憾」，「七十者衣帛食肉，黎民不飢不寒」，令人嚮往。當然，「坐岸邊的老人揮動釣桿」亦與《封神演義》「非為錦鱗，只釣王侯」的姜子牙形象相合，那麼「水亦暖」就可指姜子牙輔助周室後，無道的商紂王終被驅逐，天地有了回春復「暖」的盼望。

　　同類的另一例是「漁船順東風歸來／岸邊煙裊裊」，其「輕」在於郭至卿未曾著墨於捕魚者的海上經歷及他們的家庭狀況，但從「煙裊裊」的描寫，讀者即可推知眾人家有餘糧，夫妻各自分工，互相配合，生活融洽，而大家平日的漁獲應該亦頗可觀——俳人只取「歸來」的一景，便「輕」而易舉地概括了岸邊人家生活的全貌。至於「繁」，古典文學常以舟船對應主人公的內心世界，如〈歸去來辭〉的「舟遙遙以輕颺」暗示陶淵明的輕鬆雀躍，〈與宋元思書〉的「從流飄蕩，任意東西」流露吳均的隨興逍遙，〈滁州西澗〉的「野渡無人舟自橫」則寄寓韋應物（737-792）的孤潔自在，郭至卿沿此傳統，俳句中的漁船「順東風」回航，正好傳達船上眾人為漁

獲，為家人，為其餘生活的種種而感到順心，筆法含蓄，頗富文化底蘊。

郭至卿的「春雨／閱讀連載的愛情小說」則是既「準」又「繁」的佳構——春雨綿綿密密，易惹情思，與極具感染力的愛情小說若合符契；天色不知何時復明，連載故事中情人未曉得何時復合，兩者亦甚相似；人們期盼天晴，一如讀者渴望小說在繼續連載的下回裡，主角能驅除陰霾，重修舊好，美滿收場。凡此種種，悉見「春雨」和「連載的愛情小說」能夠多端聯繫，郭至卿選用之「準」可見一斑。與此同時，因為降雨阻隔，約會不易，閒愁難消，唯有以連載小說為伴，這情狀正正是周邦彥（1056-1121）在「暮雨生寒」之夜，孤獨無朋，只好「露螢清夜照書卷」的複寫——跟〈齊天樂·秋思〉的聯繫，使郭至卿這首俳句有著更「繁」富的含意，更耐咀嚼。

與「愛情小說」有關的俳句，在《凝光初現》的春季部分還有「窗外盛開的紫藤／愛情小說」，這也是兼具「準」、「繁」的傑作。「準」的一邊，紫藤花絨毛密披、輕柔美麗，與愛情小說纏綿、浪漫的氛圍相合；盛開的花，也對應閱讀小說者內心旺發的感情。「繁」的一邊，郭至卿特別標明紫藤開在「窗外」，據錢鍾書（錢仰先，1910-1998）〈窗〉的轉述，阿爾弗雷德·德·繆塞（Alfred de Musset, 1810-1857）有句妙語，說父親打開門，不過是請進物質上的丈夫（matériel époux），但理想的愛人（idéal）總是從窗子進進出出的——

我們讀郭至卿的俳句，可想像翻閱小說者十分期待象徵愛情的紫藤從「窗外」探進來，一慰其相思之情。當然，反過來看，要是耽讀愛情小說的人還未有情郎呢？「紫藤」又令人想起《牡丹亭》的經典唱詞：「原來奼紫嫣紅開遍，似這般都付與斷井頹垣。良辰美景奈何天，賞心樂事誰家院！」轉瞬之間，「窗外」的景致都變得愁煞人了。可留意的是：《窗外》是瓊瑤（陳喆，1938- ）據自身經歷寫的師生戀愛情小說，以悲劇收場，而紫藤的花語即「沉迷之愛」，「窗外」與「愛情小說」的聯繫既有「準」的成分，也有「繁」的詮釋空間，相當微妙。

綜合分析，郭至卿《凝光初現》的春季俳句具備「輕」、「快」、「準」、「顯」、「繁」之美，其中應以「準」為大宗，用例最多，至為出彩，而能夠把握二項對照事物的「不即不離」，也成為郭氏俳句獨高於眾人之處。其次是「繁」，與中國古典、《聖經》等的聯繫，使郭至卿俳句從不限於兩行文字，而是能進入巨大的文字檔網路，編織出更廣遠的意義。復次，郭氏春季俳句「輕」、「快」、「顯」的功底亦足供學習者借鏡，對理解華俳的簡約、畫面感多有裨益。郭至卿的句集名為「凝光初現」，這番對卷首春季部分諸作的閱讀亦屬「初現」的嘗試，接著的夏、秋、冬，乃至郭氏陸續書成的佳作，自然可引入新的角度，延伸討論下去。

閱讀反應的古池與青蛙：
讀洪郁芬《渺光之律》的秋季俳句（一）

　　唐玄宗（李隆基，685-762，712-756在位）、楊貴妃（楊太真，719-756）的愛情故事經由歷代文人演繹，已成為藝術殿堂之瑰寶，如白居易〈長恨歌〉、白樸（1226-約1306）《梧桐雨》、洪昇（1645-1704）《長生殿》等，均各自樹立起耀眼的典範，深為世人所稱道。史書記載楊貴妃殞命於馬嵬驛，日本卻有傳說指她並未縊死，而是藉遣唐使之助，順海流在山口縣長門市久津村的唐渡口登陸，保全了性命；山口縣至今尚有「楊貴妃墓」、「楊貴妃故里」，甚至有掛起「楊貴妃」招牌的酒館、商鋪和旅店，延續著這一傳說的餘音。

　　洪郁芬的二行華俳即是連結華日、共同傳唱李楊遺事的現代載體：她重新標舉「切」的審美要求，以之消弭國際俳句「三段切」的問題，直承日人韻味；其篇章在刻意滲入主觀聯想的「誤讀」式詮解裡，又能與唐玄宗、楊貴妃故事產生多重共鳴。且看《渺光之律》的秋季俳句：

　　秋光明媚

門示意即開

　　世人據《舊唐書》開元二十年（732）的記載：「遣范安
及於長安廣萬花樓，築夾城至芙蓉園」，稱唐玄宗為與楊貴
妃趁「秋光明媚」之際出遊曲江，曾「示意」下屬修建御用
夾城，並在長安城牆加增一道「新開門」，方便與之連結。
可是，楊氏在開元二十年尚未受封為壽王李瑁（715-775）之
妃，更要到天寶四年（745）方才輾轉成為唐玄宗貴妃，時序
上似略有差錯。不過，為楊貴妃設「新開門」的說法大可反映
人們的共同印象：唐玄宗起初權勢在握，溺愛楊氏，為與她共
沐秋光，願意大興土木。洪郁芬的「秋光明媚／門示意即開」
沿用此想法，適好表現出玄宗意氣風發，對楊妃恩寵有加。

　　俳句中的「門示意即開」亦隱含杜牧〈過華清宮〉的典
故：「長安迴首繡成堆，山頂千門次第開。一騎紅塵妃子笑，
無人知是荔枝來。」由於楊貴妃愛吃新鮮荔枝，唐玄宗不惜派
遣負責傳遞緊急文書的官騎千里奔波，從遠方快馬帶回甜美的
果子，只為博紅顏一笑。官騎回京時，那長安城次第開啟的一
扇又一扇門，正好見證了唐玄宗愛到荒唐的形象。

　　邂逅與離別同日
　　秋彼岸

俳中「邂逅」依《詩經‧唐風‧綢繆》「今夕何夕，見此邂逅」解，意思是「歡悅」，一如蘇軾〈次韻答章傳道見贈〉所寫的「坐令傾國容，臨老見邂逅」。歡悅與離別同日發生，指的是七夕時牛郎與織女金風玉露一相逢，轉瞬卻又要分別，各在彼岸。然而牛郎織女兩情久長，《長生殿》的楊貴妃即曾羨慕道：「妾想牛郎織女，雖則一年一見，卻是地久天長。只恐陛下與妾的恩情，不能夠似他長遠。」為安撫貴妃，唐玄宗即與她共立盟誓，表明「在天願為比翼鳥，在地願為連理枝。天長地久有時盡，此誓綿綿無絕期」，示意和楊妃永不分離。

　　但好景不常，李、楊的命運在安祿山（703-757）興兵叛唐後急轉直下。天寶十五年（756），安祿山進軍長安，唐玄宗急與楊貴妃逃出京師，不料來到馬嵬之時，飢困的士卒譁變，誅殺楊國忠（？-756）之餘，還逼皇上處死貴妃。唐玄宗自然於心不忍，卻可惜如〈長恨歌〉所言：「君王掩面救不得」，唯有讓楊妃自縊，李、楊遂自此各在「彼岸」，陰陽相隔。《梧桐雨》的唐玄宗哀嘆：「妃子呵，常記得千秋節華清宮宴樂，七夕會長生殿乞巧。誓願學連理枝比翼鳥，誰想你乘彩鳳，返丹霄命夭。」將「邂逅」和「離別」繫於「同日」，備加慘悴。而對比當初七夕之誓，李商隱〈馬嵬‧其二〉曾評道：「此日六軍同駐馬，當時七夕笑牽牛。如何四紀為天子，不及盧家有莫愁。」諷刺玄宗無法在變亂中保全貴妃。

一段情束手無策

仰月

「君王掩面救不得」、「不及盧家有莫愁」，唐玄宗對「一段情」的「束手無策」已可想而知。他在馬嵬驛之變後順利逃入蜀地，面對江山變異，終日愁苦，免不了朝朝暮暮地思念楊貴妃。〈長恨歌〉裡寫的：「行宮見月傷心色，夜雨聞鈴腸斷聲」，到了《長生殿》，便變成唐玄宗淒涼的唱詞：「一個愁人有誰偢採，已自難消難受，那堪牆外，又推將這輪明月來。寂寂照空階，淒淒浸碧苔。獨步增哀，雙淚頻揩，千思萬量沒布擺。」他繼而在唸白之中剖明心聲：「寡人對著這輪明月，想起妃子冷骨荒墳，愈覺傷心也！」每當舉頭「仰月」，他就會想起那段「束手無策」的舊「情」，內心愴痛不已。

此外，俳句中的「仰月」也可理解成唐玄宗緬懷幸福的昔日。民間流傳唐玄宗嘗遊月宮，如周密（1232-1298）《癸辛雜識》引述《異聞錄》云：「開元中，明皇與申天師、洪都客夜遊月中，見所謂廣寒清虛之府，下視玉城嵯峨，若萬頃琉璃田，翠色冷光，相射炫目。素娥十餘，舞於廣庭，音樂清麗。遂歸，製霓裳羽衣之曲。」楊太真於華清池初謁天子時，玄宗便曾奏起這首「霓裳羽衣曲」，其後楊氏更為此曲作舞演出，稱為「霓裳羽衣舞」。在洪郁芬的俳句裡，唐玄宗「仰月」而想起月宮，想起霓裳之曲，想起羽衣之舞，想起逝去的日子曾

經是多麼輕盈，多麼美好，偏偏此際又是多麼沉重，多麼蕭條——「束手無策」四字，實在是唐玄宗鬱結之「情」的最佳寫照。

遲疑不決的相會
暮秋

　　唐廷收復長安後，玄宗出劍門關，還於舊都，但因兒子李亨（唐肅宗，711-762，756-762在位）已經稱尊，玄宗只好接受太上皇的虛銜，謝位辭朝，退居興慶宮，再移徙太極宮甘露殿，過起如同軟禁的生活。這期間，唐玄宗非但沒有忘記楊貴妃，反而是愈加思慕，可貴妃卻不曾在玄宗夢裡出現，如〈長恨歌〉所描述：「悠悠生死別經年，魂魄不曾來入夢」；此後有道士協助玄宗訪尋貴妃之魂，「排空馭氣奔如電，昇天入地求之遍」，只不過「上窮碧落下黃泉」，依然是「兩處茫茫皆不見」。再後來，道士在海上仙山得遇楊妃，傷心的楊妃「回頭下望人寰處，不見長安見塵霧」，亦只能托道士給玄宗報訊：「但教心似金鈿堅，天上人間會相見」，李、楊跨越生死幽明的「相會」確實顯得「遲疑不決」，難以成事。

　　《梧桐雨》寫得更為黯淡，孤單落寞的唐玄宗一度夢見楊貴妃，聽到她殷勤地邀請：「今日長生殿排宴，請主上赴席。」可才一轉眼，貴妃便已失去芳蹤，驚醒的玄宗更覺寂

寥:「呀!元來是一夢。分明夢見妃子,卻又不見了。」一場
只差一步的「相會」又復變得「遲疑不決」,俳句以蕭瑟哀愁
的「暮秋」烘托唐玄宗心境,可謂準確之至。

可指望的事物之一
秋風

唐玄宗「指望」道士帶回新的消息,「指望」楊貴妃的精
魂來訪,也「指望」七夕的「秋風」,因為這風與鵲橋相會互
聯,如《長生殿》的牛郎唱:「碧梧天上葉初飛,秋風又報
期。雲中遙望鵲橋齊,隔河影半迷。」在漫長的「指望」中,
唐玄宗「秋光明媚/門示意即開」的威嚴愈見凋零,依《長生
殿》所演,他想潛出御苑內夾城複道,也竟一度遭禁軍將領阻
撓,幾乎無法開「門」;愁悶時,他僅能憑民間獻上的貴妃遺
襪自遣悲懷,重燃「指望」。玄宗曾撰〈又作妃子所遺羅襪
銘〉:「羅襪羅襪,香塵生不絕。細細圓圓,地下得瓊鉤。窄
窄弓弓,手中弄新月」,而《長生殿》第三十六齣「看襪」亦
引李益(約748-約827)詩:「惟留坡畔彎環月」,兩者均以
新「月」比喻貴妃之襪——果然,唐玄宗在「一段情束手無
策」時,只能「仰月」。

最終,「束手無策」的唐玄宗倒是真的等來了「秋風」,
可這「秋風」卻是愁煞人的。《梧桐雨》第四折寫道:「忽見

掀簾西風惡，遙觀滿地陰雲罩」，「滴溜溜繞閒階敗葉飄，疏
刺刺刷落葉被西風掃，忽魯魯風閃得銀燈爆」，在驚夢的「秋
風」侵擾下，唐玄宗只有愁上加愁。禍不單行，這「秋風」還
只是令人難耐的事物「之一」，此外還有「秋雨」：

　　秋雨滴落
　　獨奏蕭邦

　　把〈長恨歌〉「秋雨葉落梧桐時」一句大加發揮，白樸
《梧桐雨》以連續幾首曲訴說雨打梧桐惹起的惱怒：「那窗兒
外梧桐上雨瀟瀟。一聲聲灑殘葉，一點點滴寒梢，會把愁人定
虐」；「這雨呵，又不是救旱苗，潤枯草，灑開花萼，誰望道
秋雨如膏。向青翠條，碧玉梢，碎聲兒剁剁，增百十倍，歇和
芭蕉。子管裡珠連玉散飄千顆，平白地瀽甕番盆下一宵，惹的
人心焦」；「一會價緊呵，似玉盤中萬顆珍珠落；一會價響
呵，似玳筵前幾簇笙歌鬧；一會價清呵，似翠岩頭一派寒泉
瀑；一會價猛呵，似繡旗下數面征鼙操。兀的不惱殺人也麼
哥！則被他諸般兒雨聲相聒噪。」這「秋雨滴落」搞得唐玄宗
難以成眠，但醒著就會想起楊貴妃，促人垂淚：「這雨一陣陣
打梧桐葉凋，一點點滴人心碎了」，「伴銅壺點點敲，雨更多
淚不少。雨濕寒梢，淚染龍袍。不肯相饒。共隔著一樹梧桐直
滴到曉」。

諳熟音律、能製「霓裳羽衣曲」的唐玄宗困於雨中，也只能「獨奏蕭邦」了。用古典的情境想，這「蕭邦」是指「蕭條家邦」，如〈魏鼓吹曲十二曲・其五〉所言：「舊邦蕭條心傷悲」，失去江山，亦失去愛人的唐玄宗孤獨無伴，只能自個兒借曲抒情。若是以洪郁芬所處的現代情境想，「蕭邦」則指著名作曲家弗雷德里克・蕭邦（Frédéric Chopin, 1810-1849）。蕭邦的夜曲最膾炙人口，方文山（1969- ）為周杰倫填詞的〈夜曲〉裡有：「為妳彈奏蕭邦的夜曲　紀念我死去的愛情　跟夜風一樣的聲音　心碎的很好聽　手在鍵盤敲很輕　我給的思念很小心　妳埋葬的地方叫幽冥」，其中「死去的愛情」、「埋葬的地方叫幽冥」，均與楊貴妃命喪馬嵬相合，正好可用來寄寓唐玄宗的哀慟。

　　以上嘗試取來《渺光之律》秋季俳句的其中六首，進行「誤讀」，客觀上可證明洪郁芬作品具有刺激思維的效果。在解說松尾芭蕉（MATSUO Bashō, 1644-1694）名句「古池啊！青蛙跳入水聲響」時，洪郁芬寫過一段精彩的文字：

　　　　於此俳句創作的時空背景裡，古池是指當時守舊的和歌和連歌界。當時的文人慣用詞語的搭配，寫到青蛙就一定要搭配山吹（日本薔薇科的花）。而青蛙跳入水聲清脆的聲響，則是指松尾芭蕉創新的俳句。我們也可以解釋成這首俳句是松尾芭蕉陳述自己的文學觀，在毫無生

機的古池聽見生命的水聲。而松尾的俳句也總是注視著別人捨棄的景觀，從中寫出生命力來。[1]

　　順此聯想，只按讚或作敷衍揚揄的評論，缺乏細嚼，以及不肯參與再創造的被動式閱讀或許均屬「古池」之一種，而「誤讀」則是試圖弄出響聲的「青蛙」。「青蛙」的聲響未必人皆愛聽，這亦無妨；只要不愛聽者自己也去爭鳴，打破「古池」的沉寂，那也是「青蛙」所切切期待的。而如果讀者喜歡這「青蛙」的異調，像遊人見了山口縣的「楊貴妃故里」、「楊貴妃墓」略感新奇，則傳奇的書寫，可能還是有其值得延續的地方。

---

1 洪郁芬、郭至卿，〈移花接木談俳句──《渺光之律》、《凝光初現》新書發表〉，《大海洋詩雜誌》100（2020）：122。

詞俳共鳴的白露與故鄉：
讀洪郁芬《渺光之律》的秋季俳句（二）

　　洪郁芬的秋季俳句之一謂：「晨讀宋詞三百首／白露」，在她的其他同季華俳裡，讀者確實也可聯想到許多宋詞的片段。例如「極目遠望的故鄉／陣雨」，前後兩行的元素便都見於柳永〈八聲甘州・對瀟瀟暮雨灑江天〉，「陣雨」是詞作開頭的「對瀟瀟暮雨灑江天，一番洗清秋」，「極目遠望的故鄉」則為下闋的「不忍登高臨遠，望故鄉渺邈，歸思難收」。歸思難收，遙視故鄉，羈旅者自是淚水盈眶；洪郁芬的「陣雨」，歷代文學皆常與「淚」互聯，如宋詞裡有周邦彥抒寫客懷的〈解蹀躞・商調〉：

> 候館丹楓吹盡，面旋隨風舞。夜寒霜月，飛來伴孤旅。還是獨擁秋衾，夢餘酒困都醒，滿懷離苦。　　甚情緒。深念凌波微步。幽房暗相遇，淚珠都作，秋宵枕前雨。此恨音驛難通，待憑征雁歸時，帶將愁去。

　　淚下如雨，思鄉之情甚劇，偏偏返還無望，洪郁芬在俳句

裡吟出：「一段情束手無策／仰月」。「仰月」是思鄉者慣常使用的象徵，李白〈靜夜思〉至為著名，宋詞中則以蘇軾〈水調歌頭・丙辰中秋〉最廣為人知：「人有悲歡離合，月有陰晴圓缺，此事古難全。」人們對世間「一段情」的悲哀分離許多時都是「束手無策」的，透過「仰月」，與同樣無法阻攔月陰月缺的星體對照，不知是會感到舒服一點，還是更觸景傷情？

　　洪郁芬收於《華文俳句選》的另首作品寫道：「安靜時的潺潺水聲／紡織娘」。從宋詞的用例來看，「紡織娘」的叫聲似乎暗示「仰月」的主角變得更加哀愁。周邦彥〈齊天樂・秋思〉裡云：「暮雨生寒，鳴蛩勸織，深閣時聞裁剪」，那「紡織娘」的鳴叫、窗外裁剪衣料的聲音均是無比單調，尤其在暮雨烘托下，淒寒的感覺倍添——舉頭「仰月」之後，「水聲」也好，「紡織娘」也罷，都在提醒一種因孤獨無伴而顯得「安靜」的寂寥。周邦彥如何回應？答案是「露螢清夜照書卷」，字面意思指取出書來讀，實際卻暗示自己正徹夜無眠。更難過的是，從書卷憶及書友，周邦彥的懷思益發不可抑止：「荊江留滯最久，故人相望處，離思何限。渭水西風，長安亂葉，空憶詩情宛轉。」

　　所以，在洪郁芬的秋季俳句裡，「極目遠望的故鄉／陣雨」是愁之始，「一段情束手無策／仰月」乃試圖去消解，「安靜時的潺潺水聲／紡織娘」卻偏令情緒更形低落。不過，

「一段情束手無策／仰月」既與蘇軾互聯，「但願人長久，千里共嬋娟」的豁達態度終歸產生出影響。以積極的觀點析讀，「安靜時的潺潺水聲／紡織娘」亦可解作：由於環境「安靜」，「仰月」的人內心也安定下來，乍聽住處附近有「潺潺水聲」，想到時間之河一樣是不捨晝夜地流逝，窗外「紡織娘」聲聲勸織，不正是提醒身羈異鄉的人要把握光陰，有所建樹麼？王炎（1138-1218）〈南鄉子・甲戌正月〉云：

> 雲淡日矓明。久雨潺潺查德晴。社近東皋農務急，催耕。又見菖蒲出水清。　　池面縠紋平。掠水迎風燕羽輕。試出訪尋春色看，相迎。巧笑花枝似有情。

全詞情調光明樂觀，上闋的「潺潺」跟洪郁芬俳句「潺潺水聲」相和，「催耕」則近於「紡織娘」的勸織——從周邦彥的「露螢清夜照書卷」變成王炎「試出訪尋春色看」，洪郁芬筆底的「仰月」人開始投入在異地的事業，且多少體會到殊鄉之美。

堪為佐證的材料是洪郁芬所寫的：「以人字飛往人地／候鳥」，意思指飛雁懂得入鄉隨俗，既是向人們聚居之地飛去，也就排成「人字」，象徵「仰月」人學習適應他鄉的文化。更深地解讀，中國傳統視雁為靈物，「以人字飛往人地」指其具備人的特質，能夠朝培養仁義禮智信的方向自我完善；與之

對應，遠離鄉土的「仰月」人由終日垂淚到收拾心情、努力打拼，這也是一種尋求完善的取態。洪郁芬在《華文俳句選》的一首秋俳提到：「一半的故鄉與此鄉／月陰」，利用月半盈時月面「一半」陰暗無光，暗示皎月所象徵的鄉愁也消減了「一半」，雖念「故鄉」，但同時扎根「此鄉」，有了「日久他鄉是故鄉」的況味。當然，鄉愁尚有「一半」，這「一半」也絕非容易承擔的，晏幾道（1038-1110）〈阮郎歸·其四〉吟道：

> 天邊金掌露成霜，雲隨雁字長。綠杯紅袖稱重陽，人情似故鄉。　　蘭佩紫，菊簪黃，殷勤理舊狂。欲將沉醉換悲涼，清歌莫斷腸。

　　上闋寫自己於異鄉過重陽，感到「人情似故鄉」，彷彿已能融入當地生活；下闋卻急急轉彎，透露出「悲涼」與「斷腸」的感覺尚需強抑，可知「一半的故鄉」仍時時縈繞胸中。值得留意的是，晏幾道詞的「雁字」便是洪郁芬俳句「候鳥」排列的「人字」——「以人字飛往人地」的「候鳥」表面上入鄉隨俗，實際上卻無法脫離雁的本質，這便象徵了羈旅者始終無法撇下故鄉。

　　回到洪郁芬的「晨讀宋詞三百首／白露」，「白露」節氣的特點是：「天氣轉涼，溫度降低，水汽在地面或近地物體上

凝結而成水珠。陰氣逐漸加重，清晨人們可以在地面草木間看到白色的露珠。」[1]清晨可見「露」珠，而洪郁芬清晨翻開了「宋詞」，「露」和「宋詞」於此便有了對位的關係。露珠在杜甫（712-770）名句「露從今夜白，月是故鄉明」裡，乃是與鄉土並聯的，宋人李處全（1131-1189）〈水調歌頭‧送王景文〉亦寫過：「酩酊不知更漏，但見橫江白露，清映月如霜……醉還醒，時起舞，念吾鄉。」如是者，「宋詞」、「白露」、「故鄉」三者自有一條暗線連結，洪郁芬的秋俳與宋詞相契，且處處有思鄉之痕，並非無因。

　　「渺光之律／草露」，洪郁芬早示知露水上有等待發現的「渺光」，不察者或會如輕度颱風丹娜絲（Danas）般——「紅毛港／丹娜絲叩門不進」——被堵在文字的港灣之外；惟願意調和草露與思鄉渺光的音律者，必將見「秋光明媚／門示意即開」，得睹「山野串聯著擦身的相遇／薏苡珠滿枝」，出入於詞俳，聽到那異代的共鳴。

---

[1]　余世存，《時間之書：余世存說二十四節氣》，老樹（劉樹勇）繪（北京：中國友誼出版公司，2017）180。

中國情結與日式美學：
趙紹球的二行華俳略議

　　趙紹球是馬來西亞詩人，畢業於臺灣政治大學新聞系，擔任過廣告撰文、創意總監、廣告學院院長及整合行銷副總等職務，其詩作散見於大馬《蕉風》、《新潮》、臺灣《台客詩刊》、《野薑花詩集》、《吹鼓吹詩論壇》及香港《當代文藝》等，繼參與《天狼星詩選：二〇一八盛宴》之後，又協同撰作《華文俳句選：吟詠當下的美學》。

　　趙紹球身居海外，其俳句卻有濃厚的中國情結，除了遣詞用字有古典味外，在運用意象時亦往往與傳統文學的想像相合。例如：趙紹球「江上／一盞盞明滅的螢火」乍看之下來，即頗有〈楓橋夜泊〉「江楓漁火對愁眠」的意味，後者寫的正是江上漁船掛著「一盞盞明滅」如「螢火」的燈。細究起來，若果把趙氏的「螢火」看作實寫，明代歐大任（1516-1596）〈過隋故宮二首（其一）〉嘗謂：「水調楊花歌九曲，江遊螢火散千家」，以隋煬帝（楊廣，569-618，604-618在位）「於景華宮徵求螢火，得數斛，夜出遊山放之，光遍巖谷」的荒唐事蹟為本，但不同於李商隱「於今腐草無螢火」的諷刺，而是

寫在「江上」看見千家飛舞的「一盞盞明滅的螢火」，與趙紹球所書可謂異代同調，冥契暗合。

　　趙紹球的「人字雁／媽媽手中的新裁」最易令讀者想到孟郊（751-814）的「慈母手中線，遊子身上衣」，而原來唐朝以後，各詩家亦常將「慈母手中線」與「人字雁」連結，如宋代許景衡（1072-1128）有：「春日鸞鳳去，秋風鴻雁悲。衣裳慈母線，亦恐汝歸遲。」明末何絳（1627-1712）謂：「嚴寒且逐雲中雁，慈母欣看身上衣。」而清季翁壽麟則寫道：「征衣密縫慈母線，天涯鴻雁孤飛倦。」趙紹球與中國歷代詩人相似，藉由提煉雁群遷徙的情景，帶出母親思念遠方孩子的心聲。當然，讀者也可將趙氏俳句的主角設想為記掛母親、感念其為自己「新裁」衣物的孩子。元代吳景奎（1292-1355）〈香溪解纜〉所寫：「解纜匆匆別思遲，汀洲日落暮煙微。故人勸我杯中酒，慈母為縫身上衣。幾度客懷心欲折，一江秋水雁初飛。倚闌無限思親意，底事西風久未歸。」即是以兒子的角度，在「久未歸」的磋跎中，回思當初「慈母為縫身上衣」的片段。

　　此外，趙紹球「無星夜／花瓣撲向酒杯」寫在花間喝酒，醉酒亦醉花，情況與李商隱的〈花下醉〉相類，後者謂：「尋芳不覺醉流霞，倚樹沉眠日已斜。客散酒醒深夜後，更持紅燭賞殘花。」趙氏的「花落滿階／半夢半醒的早晨」，前句字面上與清人陶淑的「落花無數，滿階紅軟」相近，而整體情境則

與李清照〈如夢令‧昨夜雨疏風驟〉相應:「昨夜雨疏風驟,濃睡不消殘酒。試問卷簾人,卻道海棠依舊。知否,知否?應是綠肥紅瘦。」李清照殘酒未消,正屬「半夢半醒」,而「紅瘦」即指「花落」——花朵凋零。

以上是寫「花」的例子,至於趙紹球「白河/向晚的殘荷搖呀搖」,「向晚」既與李商隱代表作〈登樂遊原〉的「向晚意不適」相同,「殘荷」亦令人憶起李氏名句「留得枯荷聽雨聲」;李商隱亦寫過:「弱柳千條露,衰荷一面風」、「柳暗將翻巷,荷欹正抱橋」,捕捉了「荷」在風中「搖呀搖」的動態。另外,近人徐震堮(1901-1986)的〈浪淘沙慢‧煙雨樓記遊〉有「早鷺老荷枯橫塘冷,向晚湖水急」,謝龍升(1902-1987)則寫過「一輪明月桂香飄,滿沼殘荷影動搖」,趙紹球擷取的「向晚的殘荷搖呀搖」,果然是容易觸動詩心之景。

趙紹球所寫的植物還有「青苔」:「秋月/石碑上的青苔」,一座荒涼的古碑,在月下更形淒寒。將「苔」與「碑」互聯的唐詩,如有張說(663-730)「碑石生苔蘚,榮名復豈多」、李白「上有墮淚碑,青苔久磨滅」、貫休(832-912)「塚穴應藏虎,荒碑祇見苔」等,均以「苔」帶出「碑」文被歲月蠶食。借用月色渲染荒碑的例子,則有元代劉詵(1268-1350)所云:「古殿碑橫苔入字,忠臣像老月窺臺。」趙紹球與歷代詩人一致,道出事功即使大得足以勒石紀念,畢竟仍是

難恃的事實。

　　談到美人，趙紹球「夏日沙灘／少女的酒窩微醺」注視女性的小酒窩，李賀（790-816）的「曉奩妝秀靨」亦是如此，而周邦彥〈瑣窗寒・寒食〉沿用李賀，復以「小唇秀靨」借指意中人，後文更謂「到歸時、定有殘英，待客攜尊俎」，以酒樽渲染「微醺」的感覺；直接把「酒窩」與「微醺」並聯的，可舉清人姚燮（1805-1864）為例：「慣將笑眼送流雲，倦靨微紅似薄醺。」趙氏無季語的「海口遲暮／情人橋上眺望的麗人」，寫女子在黃昏的港灣等候情郎，與溫庭筠（約812-約870）〈望江南・梳洗罷〉的「過盡千帆皆不是，斜暉脈脈水悠悠」在時間點、「眺望」的方向和對象上均完全一致。柳永〈八聲甘州・對瀟瀟暮雨灑江天〉也寫過：「想佳人，妝樓顒望，誤幾回、天際識歸舟。」設想的正是「麗人」往「海口」那方「眺望」睽違已久的「情人」。趙氏俳句中，女子的外貌、情態確能與傳統名作疊合，在現代的「情人橋」和「沙灘」上，綻放出吸引人的古雅氣息。

　　趙紹球以女士衣物比喻「霧」，其俳句謂：「遠山的薄霧／佳人一襲單衣」，葛長庚（1194-？）〈蘭陵王・一溪碧〉亦云：「羃羃。霧如織。」姚鼐（1732-1815）的〈登泰山記〉則嘗以衣帶比喻半山薄霧：「半山居霧若帶焉」；鄭愁予（鄭文韜，1933-）在其文辭古雅的〈山鬼〉中，也把「霧」擬人化曰：「山中有一女　日間在一商業會議擔任祕書／晚間

便是鬼　著一襲白紗衣游行在小徑上」，以「一襲白紗衣」來摹寫「霧」。至於以「遠山」為佳人，用例甚多，可舉辛棄疾（1140-1207）〈水龍吟・登建康賞心亭〉的「遙岑遠目，獻愁供恨，玉簪螺髻」為一證。

最後，趙紹球所寫「燕子低飛／新裝的伊人」，無端令我想起李白的「可憐飛燕倚新妝」，而從「燕子低飛」聯繫眼前「伊人」的，晏幾道〈菩薩蠻・其二〉曾言：「個人輕似低飛燕，春來綺陌時相見。」《詩經・秦風・蒹葭》的「伊人」是在水一方、難以覓著的，趙紹球也可能是從「燕子低飛」而想到遠方「伊人」換上「新裝」；由低飛燕激起懷人情緒的，如有馮延巳（馮延嗣，903-960）〈虞美人・其一〉：「搴簾燕子低飛去，拂鏡塵鸞舞。不知今夜月眉彎，誰佩同心雙結，倚闌干。」吳潛（1195-1262）的〈長相思・其二〉：「燕高飛，燕低飛。正是黃梅青杏時，榴花開數枝。　夢歸期，數歸期。想見畫樓天四垂，有人攢黛眉。」另外，胡適（胡嗣穈，1891-1962）在其古意盎然的新詩裡，亦曾寫鴿子「翻身映日，／白羽襯青天，／十分鮮麗」，以鮮麗「新裝」描摹飛燕的趙紹球，似乎可為其儔侶。

就文詞及選象言，趙紹球的二行華俳洋溢著古典韻味；從技巧上說，趙氏深能展現華文俳句社宣揚之美學特色，直承日本俳句，每篇的兩項事物能夠對比映襯之餘，亦保持「不即不離」的關係，且留置空白，呼召讀者參與文本。舉例來說，

「蜻蜓點水／釣竿動也不動」是襯托對照的特佳俳作，前句「點水」是動，後句「動也不動」是靜，以動襯靜，共同譜出持釣竿者內心寧靜的形象，也把讀者引進至高的幽寂，類似於〈入若耶溪〉的「蟬噪林逾靜，鳥鳴山更幽」。駱玉明對〈入若耶溪〉的闡發為：「在這首詩裡所寫的『靜』，不是物理意義上的靜，而是體現著自然所內蘊的生命力的靜，是人心中摒除了虛浮的嘈雜之後才能體悟到的充實瑩潔的恬靜。這種靜自身沒有表達的方式，而蟬噪鳥鳴，正是喚起它的媒介——你聽到聲音，然後你聽到了幽靜。」在閱讀趙紹球改以「蜻蜓點水」為觸媒的俳句時，這段話實在值得參考。

在《華文俳句選》中，趙紹球「不即不離」的最佳之作應為「雪狐探出頭來／傍晚的炊煙」，其中「炊煙」空虛，「雪狐」實在，兩者乍看似無太大關聯；可是實際上，狐狸常在傍晚時分出啼，古詩裡便有「荒煙落日號狐狸」、「野狐啼煙道路黑」、「野狐啼暮煙」、「野狐啼暮雨」等說法，把「狐」與「傍晚的炊煙」並置，可謂相當自然。特別的地方是趙紹球選用了「雪狐」，除卻「炊煙」備食能夠引起「雪狐」探頭嗅聞外，「炊煙」的白色調復與「雪狐」的毛色相彷彿，長狀的「炊煙」更讓人形象化地想到「雪狐」的尾巴——多出的這幾層聯繫，使「雪狐」和「炊煙」嶺斷雲連，外表雖迥然有別，內蘊則江海同歸，深契「不即不離」的美學要求。

同時，趙紹球俳句常能做到簡約留白，例如「山茶花開／

桌上冒煙的工夫茶」，兩句的跳接遺下巨大空隙，頗耐思索。其意義可能是：以手繪「山茶花」的茶具配合「工夫茶」的茶藝，美感效果更令人神往；也可能是：自然界的「山茶花」自開自落，不管人間紛紜，賞用「冒煙的工夫茶」者亦自閒自適，自得其樂，別有會意，無須對他人道。當然，有心的讀者還可作出其他各種詮釋。在「月亮落到山那邊／茶涼了」一作中，趙紹球則利用「茶涼」的複義，一來可指時間流逝，茶在不經不覺中變涼；二來亦可指「人走茶涼」，當曾經耀眼之人不再穩居中天之上，而是到了「山那邊」，投閒置散，如「月亮」般轉為暗淡後，世態炎涼，人情冷暖，從前圍繞他的人就都變得漠然起來了——藉由複義所構成的「語義空白」，趙紹球逗引讀者細參俳中的「茶」味。

趙紹球寫過一首〈詩囚的告白〉：「直接判詩刑吧！／我已無可教化可能！／我可以廢寢，堅決／反對廢詩／／甘做詩囚／解放自由」。在中國古韻與日式美學的包圍中，這位熱情的「詩囚」雀躍地飛進二行華俳的籠子，並以鮮麗彩羽把它粉飾成美輪美奐的廣大天地，「自由」穿梭於中外古今，「解放」字詞的深層意蘊，值得讀者細賞。

攜詩合奏的沉淪與回轉：
讀洪郁芬《渺光之律》的冬季俳句（一）

　　洪郁芬領軍華文二行俳句，成績卓著，以致普羅讀者偶會忘記洪氏在新詩方面的精湛表現。事實上，2018年詩界之圓桌獎授獎詞即如此稱許洪氏：「以優美的言辭書寫個人的觸感，其精挑細選與悉意鋪墊，讓作品呈現出優雅的風格。而那錯落的句行富於鎮定的韻律，成就了厚重的唯美藝術。」2019年，洪郁芬參加世界詩人大會，不僅憑〈魚腹裡的詩人〉獲得殊榮，其域外諸作如〈無停點的飛行〉、〈布巴內什瓦爾〉、〈陶里道拉吉里峰〉等，皆是句法嚴謹，含義深邃，允稱傑作，編成組詩後，更光可鑒人。此次析說洪郁芬《渺光之律》裡的冬季俳句，即嘗試並引其人新詩華章，以利較全面地認識洪氏的藝術與思維。

　　洪郁芬崇信基督宗教，其冬季俳作不乏相關題材，例如「小寒／初讀聖經哀歌」，乃指披閱《舊約》（*Old Testament*）裡的〈耶利米哀歌〉（"Book of Lamentations"）。〈耶利米哀歌〉以耶路撒冷遭巴比倫人攻陷為背景，抒寫國家破亡，「百姓落在敵人手中，無人救濟」的悽愴，其中涉及聖

所被闖入、處女遭姦淫、仇敵嗤笑猶大人民、無告者以美物換取糧食等片段，觸目驚心，配合「小寒」的氣候，讀經者似更能感受耶京敗落時的荒涼淒楚。

　　洪郁芬另則俳句云：「歲初閱讀新約聖經／愛的文字」，實可順承上一作加以詮釋。耶路撒冷陷落後，猶大人被擄到巴比倫，唯據《舊約》記載，神仍接連派遣先知向其子民傳講訊息，但以理（Daniel）、以西結（Ezekiel）、哈該（Haggai）、撒迦利亞（Zechariah）等相續登場，到瑪拉基（Malachi）之後，神卻似乎暫停了啟示，開始了所謂的「沉默四百年」，要到耶穌基督第一次來臨後，「愛的文字」方才在《新約》（New Testament）裡得以復現。這情形好比「歲初」，一元復始，萬象更新，衰敗的事物再度獲得天恩，漸變為重新振作——洪郁芬在新年的開端捧讀「愛的文字」，因而便顯得更有意思了。

　　讀俳者即使不熟悉「沉默四百年」的掌故，只需對耶穌基督的事蹟略有所聞，便無礙對「歲初閱讀新約聖經／愛的文字」的接收。詩人綠原（劉仁甫，1922-2009）自稱「一生不相信任何宗教」，但其〈重讀《聖經》——「牛棚」詩鈔第n篇〉提到耶穌即說：「但我更愛赤腳的拿撒勒人：／他憂鬱，他悲傷，他有顆赤子之心：／他撫慰，他援助一切流淚者，／他寬恕、他拯救一切痛苦的靈魂。」《新約》記述基督傳道、治病、趕鬼的「文字」，處處體現出「愛」，置身死蔭幽谷之

人，往往能得其援手，撥開雲霧，如重新迎來「歲初」的希望。不信上帝的綠原闔起《新約》，亦「不禁浮想聯翩，惘然期待著黎明」，這當中難說完全沒有被「愛的文字」感動的成分——綠原所盼的「黎明」，正近於洪郁芬欣然的「歲初」。

聚焦於耶穌基督，洪郁芬的俳句又寫：「不吝惜的鮮血沿著十架流下／聖誕紅」。以敬畏神的角度看，此作是把聖誕慶祝的焦點重新擺回基督的贖罪犧牲之上，提醒自己注視耶穌在「十字架」上「不吝惜」地為世人「流下」的「鮮血」，用感恩之心回應救主。但同時，此作也可藉諷刺的視角解讀，即基督為人流盡「鮮血」，世人卻無甚感覺，只知熱心佈置「聖誕紅」，在節日裡盡情喜慶，享受一己之樂。列昂尼德‧安德列耶夫（Leonid Andreyev, 1871-1919）的小說便寫過，基督釘十字架之日，某位耶路撒冷商人對其死漠不關心，只一味談論困擾自己的牙痛，這位商人與鍾情「聖誕紅」的無心肝者可謂是貌離而神合。

「小寒」的哀、「歲初」的愛、「聖誕紅」的雙重寄意等，都一同融攝在洪郁芬的新詩〈迷宮〉裡。〈迷宮〉刊於《創世紀》詩雜誌第198期，復收錄在《鏡像：創世紀65年詩選（2014-2019）》，全詩四節如下：

> 每一個岔口都有兩道聲音
> 是氤氳的白花與低雲，或是

光影對比的日照與樹蔭

難以辨明它們所屬的季節。我知道

不受管教的肉體循著悅耳的鳥囀走回原點

離開的路盡是枯荻交纏的枝子

迷失在鋪滿桃李的花毯，許多時候

選擇月橘花香的小徑，譬如快樂

在漫長的黑夜前埋首於胸口的悸動

聽迦百列對天咆嘯而予我耳語

整座迷宮是個遊樂園，我情願不出去

突如其來的終點是淡薄的微風

像遠離浮城，頭帶著荊棘坐在寶座上

拋下的石頭提醒我於遊戲結束前及時回轉

而我仍迷戀杜鵑花叢蜜蜂歡快的呻吟

在漩渦中期盼這個早晨

不用雙腳，以上帝之吻

帶我飛入永恆繁茂的春天

　　詩開首的「每一個岔口都有兩道聲音」，即〈申命記〉
（"Book of Deuteronomy"）所言：「我將生死禍福陳明在你

面前」，人原應順從上帝，「揀選生命」的，然而如〈馬可福音〉提到，總有「別樣的私慾進來，把道擠住了」，善惡的「岔口」上，即使是信徒，也不一定每次都跟隨主的「聲音」。

〈約翰福音〉記述耶穌說：「我的羊聽我的聲音，我也認識他們，他們也跟著我。」可是〈迷宮〉的主角卻不善聽牧者的叮嚀，以致常常糾纏於灰色地帶：「氤氳的白花與低雲」是善是惡呢[1]？「光影對比的日照與樹蔭」是惡是善呢[2]？那主角

---

[1] 在《聖經》中，「花」與「雲」確實皆有兩面性。〈馬太福音〉說：「你想野地裡的百合花怎麼長起來；它也不勞苦，也不紡線。然而我告訴你們，就是所羅門極榮華的時候，他所穿戴的，還不如這花一朵呢！」這處的「花」代表榮美，且能彰顯神的照顧。〈彼得前書〉（"First Epistle of Peter"）則借「花」比喻無法長久的事物：「凡有血氣的，盡都如草；他的美榮都像草上的花。草必枯乾，花必凋謝」。《聖經》的「雲」也有中式「浮雲蔽日」、「烏雲蓋頂」的想像，如〈撒母耳記下〉（"The First Book of Samuel"）大衛（David）臨終，說治理人民者應該秉持公義，「如無雲的清晨」；〈約伯記〉（"Book of Job"）中約伯（Job）咒詛自己的生日，是說：「願黑暗和死蔭索取那日；願密雲停在其上」。但「雲」也經常代表神的同在，如〈出埃及記〉（"Book of Exodus"）謂：「日間，耶和華在雲柱中領他們的路」、「耶和華在雲中降臨」；基督的第二次來臨，據〈啟示錄〉（"Book of Revelation"）預告，即是「駕雲」而來。
[2] 在《聖經》中，「日照」能育成萬物，如〈申命記〉：「太陽所曬熟的美果」；能象徵正義，如〈馬太福音〉：「義人在他們父的國裡，要發出光來，像太陽一樣」；能反映神的權柄，如〈耶利米書〉（"Book of Jeremiah"）：「那使太陽白日發光，使星月有定例，黑夜發亮，又攪動大海，使海中波浪匉訇的，萬軍之耶和華是他的名。」同時，「日照」又能使事物衰殘，如〈雅各書〉（"Epistle of James"）：「太陽出來，熱風颳起，草就枯乾，花也凋謝，美容就消沒了」；甚至象徵「苦難」和「逼迫」，如〈馬太福音〉著名的「撒種比喻」說：「有落在土淺石頭地上的，土既不深，發苗最快，日頭出來一曬，因為沒有根，就枯乾了」。至於「樹蔭」，一來可解作庇蔭，如〈雅歌〉（"Song of Songs"）：「我歡歡喜喜坐在他的蔭下」；最形象的畫面則是在〈約拿書〉（"Book of Jonah"）：「耶和華神安排一棵蓖麻，使其發生高過約拿，影兒遮蓋他的頭，救他脫離苦楚；約拿因這棵蓖麻大大喜樂。」但《聖經》也經常出現「死蔭」的字眼，「蔭」也可以是來自敵對神的陣營，如〈以賽亞書〉斥責人「靠法老的力量加添自己的力量，並投在埃及的蔭下」。

自言「難以辨明它們所屬的季節」，其實是以之為藉口，放任「不受管教的肉體」，只「循著悅耳的鳥囀」尋樂，因而時日雖多，在信仰的路上還是「走回原點」，近似於《舊約》在曠野漂流四十年的以色列人，不能如〈腓立比書〉（"Epistle to the Philippians"）所說的「向著標竿直跑」。

〈希伯來書〉（"Epistle to the Hebrews"）謂：「主所愛的，祂必管教」，目的是叫人「得益處」，並「在祂的聖潔上有分」。〈迷宮〉的主角卻立意「離開」神的面，逃避責備，走進「盡是枯荻交纏的枝子」的路，踏上「鋪滿桃李的花毯」、「月橘花香的小徑」，「迷失」在花花世界，「許多時候」都只以一時的「快樂」為「選擇」的考量，而不顧神的義。不過〈詩篇〉第一百三十九篇早已有言：

> 我往哪裡去躲避祢的靈？我往哪裡逃、躲避祢的面？
> 我若升到天上，祢在那裡；我若在陰間下榻，祢也在那裡。
> 我若展開清晨的翅膀，飛到海極居住，
> 就是在那裡，祢的手必引導我；祢的右手也必扶持我。

〈迷宮〉的主角陷入了「漫長」的靈性「黑夜」，但更深人靜時，仍難免受良心譴責，感受到「胸口的悸動」，甚至在腦海響起經文的提醒，彷彿聽見為神傳遞訊息的熾天使迦百列

（Gabriel）「對天咆嘯而予我耳語」，告誡其回轉。

　　無奈，那主角仍視「迷宮」為「遊樂園」，流連忘返，「情願不出去」，犯的罪亦愈加嚴重，幾乎直直走到靈性生命的「終點」。不，據〈迷宮〉第三節，主角的罪行似乎還被揭露，為世人所知，以致她要面對「突如其來」的壓力，有被「拋下的石頭」處罪的危險。猶幸，此際聖靈如「淡薄的微風」吹拂，引領其心靈「遠離浮城」[3]，並為她見證頭戴荊棘冠、「坐在寶座上」的耶穌基督，令她充分醒悟，得以趕及在荒唐「遊戲結束前及時回轉」。

　　在這裡，「拋下的石頭」隱指石刑，犯姦淫或褻瀆神的人據《舊約》規定，應當被處以此罰，遭人用石頭打死，而背叛神其實即一種屬靈上的姦淫。《新約》中，〈約翰福音〉記載，文士和法利賽人逮住一名行淫的婦人，把她帶到耶穌跟前，要處死她，耶穌卻說道：「你們中間誰是沒有罪的，誰就可以先拿石頭打她。」結果眾人散去，耶穌告誡女子：「我也不定你的罪。去吧，從此不要再犯罪了！」〈迷宮〉的「及時回轉」正是用此典故。

　　然而，基督說的「從此不要再犯罪了」談何容易，〈迷

---

[3]　過度詮釋，「浮城」二字也蘊含極豐富的訊息。俗世之「城」在《聖經》裡不時代表罪惡，例如人類的首座城池乃由殺害弟弟的該隱（Cain）所建，尼尼微及巴比倫皆罪孽深重，〈創世記〉（"Book of Genesis"）的所多瑪、蛾摩拉等城更是惡貫滿盈的代名詞。「浮」指「虛浮」，〈箴言〉（"Book of Proverbs"）說「豔麗是虛假的，美容是虛浮的」，「浮」正好對應了〈迷宮〉中主角追求「桃李的花毯」和「月橘花香」的片段。

宮〉的主角即「仍迷戀杜鵑花叢蜜蜂歡快的呻吟」，被眾罪的「漩渦」牽扯著，難以徹底超拔。事實上，這也是許多基督徒常會遇見的問題，所以《聖經》才一再提醒人要時刻警醒[4]，別要沒入「漩渦」之中。「及時回轉」的主角雖不完美，但起碼已重新認準了獲得救贖的方向，她抬頭「期盼」，希望藉著與神更加親密，「不用雙腳，以上帝之吻」，能夠「飛入永恆繁茂的春天」，脫離「漩渦」，一直活在神的愛裡，恰如〈猶大書〉（"Epistle of Jude"）所寫：「保守自己常在神的愛中，仰望我們主耶穌基督的憐憫，直到永生。」

可以說，洪郁芬的〈迷宮〉具有濃厚的宗教意蘊，從主角的叛逆寫到悔改回轉，再留下持守信仰的期盼，應該頗能在踏上「天路歷程」的信徒群體中獲得共鳴。這樣反觀洪郁芬的俳句，「小寒／初讀聖經哀歌」便不止於慨嘆耶路撒冷失陷的歷史，更包含個人因為違逆神，以致和當年耶京一樣失去祝福的切身感受；「歲初閱讀新約聖經／愛的文字」則具體為得到基督的救贖、聖靈的保惠，出死入生，原應承受「拋下的石頭」的罪亦蒙得寬恕——可特別注意的是，「歲初」與〈迷宮〉末段的「早晨」和應，均寄寓了重生的希望。

此外，「不吝惜的鮮血沿著十架流下／聖誕紅」中，耶穌受苦難的形象乃由〈迷宮〉的頭戴「荊棘」冠呼應。那麼，做

---

[4]　例如〈哥林多前書〉（"First Epistle to the Corinthians"）：「你們務要警醒，在真道上站立得穩」；〈彼得前書〉：「務要謹守，警醒」。

出回應，人們會懂得感謝流盡「鮮血」的基督嗎？抑或依然只顧佈置「聖誕紅」？前者是悔改、「及時回轉」的意識根源，後者則導向「仍迷戀杜鵑花叢蜜蜂歡快的呻吟」，共同構成了「一個岔口」上的「兩道聲音」。

縮合來看，本篇前引洪郁芬的三則俳句，在在都可以與其詩合奏，激盪出更多信仰的水花。那麼，〈迷宮〉結尾的「不用雙腳，以上帝之吻」實際是何所指？參考洪氏的冬季俳句：「永久的祈禱不息／第一道曙光」，「吻」或許即指透過祈禱，以嘴唇稱頌上主。《聖經》的確教人要時刻祈禱，如〈以弗所書〉（"Epistle to the Ephesians"）謂：「靠著聖靈，隨時多方禱告祈求」；〈帖撒羅尼迦前書〉（"First Epistle to the Thessalonians"）謂：「要常常喜樂，不住的禱告，凡事謝恩」，而這與警醒自己不被「杜鵑花叢蜜蜂歡快的呻吟」誘惑、不被「漩渦」吞沒的想法相合，如〈馬可福音〉說過：「總要警醒禱告，免得入了迷惑。你們心靈固然願意，肉體卻軟弱了。」由此可見，洪郁芬的新詩與俳作實有著氣脈貫通的宗教觀點，而俳句裡「祈禱不息」能使得天門開啟，「第一道曙光」照映面前，其實便正正是〈迷宮〉所「期盼」的「早晨」。

可茲補充的是，洪郁芬在〈迷宮〉裡寫到一般詩人較罕注意的「枯荻」，該詞實為俳句的冬季季語——以《渺光之律》的冬季諸俳比讀洪氏〈迷宮〉，據此又增加了一點點的合理

性。指認洪氏詩俳合奏，互相輝映，實非無根之談。更多有關洪郁芬新詩與俳句聯繫的討論，將在後篇繼續展開。

兩極延展的曲直與對映：
讀洪郁芬《渺光之律》的冬季俳句（二）

本篇承接對洪郁芬新詩和《渺光之律》冬季俳句中宗教主題的討論，繼續探索洪氏詩、俳的微妙互聯。但在進入正題以先，原諒我任性地交代些較為深奧的硬知識。

賈誼（前200-前169），西漢雒陽人，才華卓絕，惜哉未獲中央朝廷重用，外放為長沙王太傅，死於南方，其文學聲譽卻長盛不衰。翻開《賈長沙集》，專看賈生騷賦，可體認其人常以「上」、「下」為發揮想像力的兩個方向。茲先列表摘出部分例子[1]：

篇章	上向	下向
〈弔屈原賦〉	鴟鴞翱翔／鳳縹縹其高逝兮，夫固自引而遠去／鳳凰翔於千仞兮	自沉汨羅／遰隱厥身／鸞鳥伏竄／方正倒植／謂隨夷溷兮／驥垂兩耳／章甫薦履／襲九淵之神龍兮，沕淵潛以自珍／覽德輝而下之

---

[1] 為節省篇幅，列表主要選出較具動態的文句。賈誼所用的許多意象，如高懸的日照、插雲之崇山、伏地的蛭螾、下潛之鯨鱣等，其實皆可與「上下」特質聯繫起來，惟暫時不錄。

篇章	上向	下向
〈旱雲賦〉	溘澶澶而妄止／正重沓而並起／若飛翔之從橫兮，揚波怒而澎濞	陵遲而堵潰／或深潛而閉藏兮／農夫垂拱而無聊兮，釋其鉏耨而下淚／厭暴至而沉沒
〈虡賦〉	負大鐘而欲飛／負大鐘而顧飛／負大鐘而欲飛	舒循尾之朵垂
〈鵩鳥賦〉	舉首奮翼／雲蒸／與道翱翔／養空而浮	雨降／澹乎若深淵之靜
〈惜誓〉	登蒼天而高舉兮，歷眾山而日遠／攀北極而一息兮／飛朱鳥使先驅兮／駕太一之象輿／馳騖於杳冥之中兮，休息虖崑崙之墟／黃鵠之一舉兮／再舉兮／吸眾氣而翱翔／獨不見夫鸞鳳之高翔兮	觀江河之紆曲兮，臨四海之霑濡／念我生而久仙兮，不如反余之故鄉／或隱居而深藏／見盛德而後下

若是以新詩人為觀察對象，則辛牧似乎是最集中地呈現了同類「上下想像」的作家[2]。延伸開去，受「上下」驅力的影響，辛牧還大量使用對比，如死生、空有、主客、內外等，再予以調和，這又與賈誼騷、賦中的表現相似，如〈鵩鳥賦〉有云：「禍兮福所倚，福兮禍所伏；憂喜聚門兮，吉凶同域。彼吳彊大兮，夫差以敗；越棲會稽兮，句踐霸世。斯遊遂成兮，卒被五刑。傅說胥靡兮，乃相武丁。夫禍之與福兮，何異糾纆」，其中觀念，即是與辛牧駕馭兩極的思維一致。

洪郁芬《渺光之律》裡有則俳句是：「山脊筆直／滑雪者波動」，乍看可能不覺特異，其實卻含藏著洪氏的創意

---

[2] 參拙著，〈從上升下降到駕馭兩極：辛牧新詩的想像及其「誤讀」〉，《創世紀60社慶論文集》，蕭蕭（蕭水順）主編（臺北：萬卷樓圖書股份有限公司，2014）369-400。

模式——與「上下想像」類似而不同，洪郁芬的想像力乃向「直」、「曲」兩端延展。試看洪郁芬的新詩〈印地語〉：

你的書寫是筆直的線，水平的
像宮殿的地板下，許多奴隸彎腰
撐著維持一個穩定的制度
偶爾不安份的突起是眾生的金剛拳
於漫漫長夜消解無明的煩擾

伊斯蘭、錫克、耆那、印度教
叮叮噹噹穩定中變化的錫塔琴
合流於一條無起伏的河川
匯流至一個洶湧的海床
世襲是無血的宗教革命勒索著
世世代代，以一條冗長無盡的褐色頭巾

你在甘地的雕像前撒下
萬壽菊、紅玫瑰的微微花雨降下
卻始終在平行的階梯上躍動
傳統舞蹈細微多樣的扭曲

整首詩即在「山脊」般的筆直與「滑雪者波動」般的彎

曲間相持相生，一開始書寫的線是「筆直」的、「水平」的
（直），與之對映，便安排出撐起「宮殿」威榮的眾多奴隸，
即印度社會中「彎腰」的賤民（曲）。賤民的制度看上去有裨
「穩定」，實際是「直」的壓制了「曲」的，極不平等；因此
「眾生」之中「偶爾」有「不安份」的，曲起手指，攢緊拳
頭，勾出「金剛拳」（曲），渴望著擊破平直無波「長夜」
（直）裡的「無明」。

　　「無明」是佛家用語，該教宣揚眾生平等，理應可將
「曲」與「直」的對立盡然消除。可是，伊斯蘭、錫克、耆
那、印度教等亦互相激盪，種姓制度在歷史的演變中是要「穩
定」（直）還是要「變化」（曲）？答案一直不分明，整體呈
現出琴音般「穩定中變化」的情況。但就主流來說，固然是讓
奴隸繼續受壓、維持其他階級權益的想法當道，所以〈印地
語〉說：「合流於一條無起伏的河川」，促成「變化」的因
子漸漸平伏下來，不起波濤（化曲為直）；唯獨潛伏底部的
「海床」依舊保持「洶湧」（直中含曲），賤民們的深心處仍
然思變，似乎為未來的發展預埋線索。不過大體上，垂直的
「世襲」還是千百年地剝削著「世世代代」的賤民（直的支
配）——「褐色頭巾」本來是可以捲曲的，但當被「冗長無
盡」地鋪開後，曲的線條也就被拉直了（曲的消音），即使進
入現代，人們仍視賤民的劃分為理所當然。

　　聖雄甘地（Mahatma Gandhi, 1869-1948）對印度賤民階層的

態度其實頗惹爭議，他支持具「穩定」性的種姓制度，但畢竟曾嘗試讓賤民不再被視為「穢不可觸者」，觀念已略為進步。甘地的名言：「我是伊斯蘭，是印度教徒，是基督徒，也是猶太人」，讓人見識到一種超越對立的典範；其解放印度的偉績更讓人聯想到釋除受壓者的重擔，如穆旦（查良錚，1918-1977）即曾以詩頌揚說：「甘地為奴隸築屋，迷路者因而看到了巨石」。或許正因這樣，〈印地語〉末段的「你」也向甘地雕像「撒下／萬壽菊、紅玫瑰」，表示敬意；只是在「你」的觀察中，印度的種姓制度猶自堅立，生命「始終在平行的階梯上躍動」，高低的等級在平行的線上找不到交匯（直）。

　　洪郁芬的「直」、「曲」思維讓她在寫過方方正正的「平行的階梯」後，神來之筆地以「傳統舞蹈細微多樣的扭曲」作結，「曲」與「直」的相持一路延展到詩末。這「扭曲」的「傳統舞蹈」（曲）有著多重詮釋的可能，既似是暗諷種姓制度的不合理，也可以象徵賤民們被「扭曲」的精神和身體，甚至是寄託盼望，暗許「傳統」中某些「細微多樣」的元素能夠發揮影響，把「直」的壓制「扭曲」、改變。〈印地語〉的結尾複義甚多，餘音裊裊，足以把讀者捲進「曲」與「直」的思索裡，極耐咀嚼。

　　綜觀以上，藉〈印地語〉為例，可知洪郁芬俳句「山脊筆

直／滑雪者波動」確實為細味其詩提供一道鑰匙[3]。然而，讀者且不必急於爬梳洪郁芬所有詩作中的「曲直」元素，更不必以「曲直」框限創造力處於旺盛期的洪氏（一如我們從不以「上下」的想像籠統閱讀辛牧）；倒是可以留意，辛牧依「上下想像」為主軸，催化出大量富深度的對比，具有「曲直想像」的洪郁芬也常能在作品裡設計指向兩極的解讀路徑，一如「直」與「曲」兩種力量的時時角力。

閱讀洪郁芬《渺光之律》的冬季俳句，兩極的想像力隨處可見，例如「烤蛤蠣萎縮／馨香滿溢」，視覺的「萎縮」是變小，嗅覺的「滿溢」是擴大，兩者形成對立而又融攝於同一情境之中。從表象看，這則俳句是寫食物；往象徵想，「蛤蠣」猶如俳句本身，省盡多餘的描述，篇幅縮短後卻能給人更廣闊的想像空間，因簡約和留白而散發出無盡的「馨香」。可以說，二元化的物質（食材）與精神（藝術）亦在此俳中聯合起來。

除了「食」，洪郁芬的冬季俳句也寫「衣」，其中一例是「衣著厚重的推銷員／待日出」。這則俳句中，合理的兩極聯想是富足與貧寒。推銷員不敢補眠，而是苦苦等候「日出」，枕戈待旦，要把握一分一秒到寒冷的街上兜售商品，近日生意

---

[3]　舉例來說，這道鑰匙有助開啟洪郁芬〈肖楠，你當彎曲〉、〈候鳥驛站〉等詩篇，而洪氏〈量子文學〉一作，則是利用「曲直」元素，又想將之打破的獨特嘗試。

的慘淡與個人財務之窘困可想而知——這是解讀的一個方面。但細看那推銷員「衣著厚重」，似乎也不缺衣少食，「日出」之際街上行人稀疏，亦非「推銷」的好時段，可能他只是盼著早點破曉，好更加接近上班時間，他可以回公司拿個最佳銷售獎，臉上也散發出朝陽般的榮光，手頭寬裕得不得了。

　　與「衣」、「食」皆有關的是「惋惜S尺寸牛仔褲／年前準備」，由於省去連詞，這兩行既可理解成「（雖然）惋惜S尺寸牛仔褲」將不能再穿，「（但）年前準備」了大吃特吃的計畫，新歲之初就要大快朵頤，哪管變得胖胖；又可視作「（由於）惋惜S尺寸牛仔褲」穿不下，「（所以）年前準備」了新的減重方案，在春節慶祝時絕對要忍住口腹之欲。To eat or not to eat？吃與不吃間，that is the question。洪郁芬另則俳句言：「來世今生的糾葛／冬靄」，正好可用來形容此種限制與放肆的拉扯——每年年初為身形苦惱的讀者，當然能懂得這些「來世今生」從不斷絕的「糾葛」。

　　確實人們喜歡在歲初回首過去，總結舊年，再擬訂各種新的計畫，減肥作戰不過是其中之一。洪郁芬的俳句寫：「回望山路盡頭蔚藍的海／歲之行始」，即含有這種歲首「回望」與向前起步的二重性。同時，「山」與「海」、「盡頭」和「行始」，都鋪開了混融兩極的舞臺。在西方，一歲之始的January得名自羅馬神祇雅努斯（Janus）。雅努斯擁有兩張背對的臉孔，迪特・鄔希鐸（Dieter F. Uchtdorf, 1940- ）說其中一張回顧

往昔，另一張則展望將來──這不僅是與洪郁芬「回望」、「行始」的俳語相似，雅努斯視線之朝兩方延伸，更正好對應了洪氏眾多俳句可向兩端詮解的特點。

　　以上對洪郁芬的「曲直想像」作出了初步的概括嘗試，由之推向洪氏在俳句裡擅長製造可供兩極化解釋的空間。觀照洪郁芬的新詩及《渺光之律》的冬季俳句，讀者應可在一定程度上掌握洪氏謀篇的特色。筆者搭配新詩來析說洪郁芬的華俳，其附帶功能或許是：讓讀者別要因二行華俳的成績太過耀目而忽略洪氏另外的藝術碩果。當然，不工之論，潦草之筆，遠未能囊括洪郁芬詩、俳的所有亮點。有意的讀者不妨續作深入探研，如比照洪氏〈雪山頌〉「屏氣凝聽的，那是耶利米哀歌」及其冬季俳句「小寒／初讀聖經哀歌」；又或當「歲之行始」，重返春夏，看洪氏春季俳句「清明／歌頌賢母的壽域墓」如何與寫八月的新詩〈壽域墓〉攜手，共同讓諸羅城飄滿「大愛」。

最上川的雅俗童話：
略談吳衛峰的二行華俳

　　茱莉亞‧克莉斯蒂娃曾指出，文本在生產過程中必然吸納並轉化先前的文本，即使作者自身意識不到，書寫亦可能已受文化累積的影響[1]。吳衛峰著力於日中比較文學研究，2007年起任教於東北公益文科大學，專業演講、撰作翻譯不知凡幾，按克莉斯蒂娃的推斷，吳氏所獲得的學術知識多少會顯現於華俳創作中。然而細閱吳衛峰俳句，內中又同時可見嚴肅治學以外的、心靈完全放鬆的片段。例如：讀者閱至「爐火邊／翻破一卷杜工部」，與其想像是俳人汲汲於為杜甫論文尋找材料，不如看作是吳氏隨火爐輕緩搖曳的燄光，重整內心的節奏，一遍遍神遊故國，陶醉在詩聖的華章中，精神是怡然的。其他如「夏夜／濤聲和著『真夏的果實』」，俳人置身在浪漫的夏夜、浪漫的濤聲、浪漫的樂曲中，也是一派悠然況味；而「傍晚乘涼／掰腕子不輸給女兒」在閒適之餘，更屬充分流露童心

---

[1]　Julia Kristeva, "Word, Dialogue and Novel," *Desire in Language: A Semiotic Approach to Literature and Art*, ed. Léon S. Roudiez, trans. Thomas Gora, Alice Jardine and Léon S. Roudiez（New York: Columbia UP, 1980）66.

之作，顯示出吳衛峰在學院講壇上未必容易看見的形象。

　　徘徊在這種嚴肅和輕鬆的雙重認識裡，我常抑止不住對吳氏俳句作「雅」（禪宗、古典文學、現代詩）、「俗」（偶像、動漫）兩端的無羈聯想，且在不離字面的前提下，逸出了原作者的意圖之外。例如吳衛峰的俳句云：「手夠不到鬧鐘／春曉」，寫出氣候漸漸回暖時，早晨人在床上慵懶不願起來，與孟浩然的「春眠不覺曉」或溫庭筠〈春曉曲〉裡的「籠中嬌鳥暖猶睡」相彷彿。而「手夠不到鬧鐘」可作二解，一是任由鬧鐘作響，大被蓋頭，阻隔聲波，相信過段時間鐘響自會止息，這是處變不驚；二是向鬧鐘的提示屈服，手既夠不著它，唯有乖乖起身，踏幾步去按停聲響，過程中也就由精神迷糊變為雙目「曉」然，徹底轉醒了。平野紫耀（HIRANO Shō, 1997- ）在綜藝節目《人類觀察學！Monitoring》（『ニンゲン観察バラエティ モニタリング』）裡曾透露，為了叫自己起床，他在家擺放了十個鬧鐘，最遠的一個設在玄關位置，由於在睡榻「手夠不到鬧鐘」，他只好逼自己離床走動，情形正與上述的第二解相似。

　　吳衛峰另一俳句謂：「爬格子／發情的貓走過」，大概是跟以貓為伴的新詩人秀實經驗疊合，引起了後者共鳴，故秀實在〈華文俳句的藝術性〉一文特別摘出與讀者分享。秀實的〈與貓一樣孤寂〉亦嘗言：「如批閱摺奏般深宵不寐在讀網和寫詩／而那獸……牠會回眸，或發出一聲嚎叫」，記錄的便是

自己「爬格子」時貓的「發情」。時至今日,「爬格子」的作家多不必使用有固定「格子」的稿紙來撰文了,而是改為對著電腦埋頭苦幹,我於是記起木村ともや(KIMURA Tomoya, 1990-)在2014年為「英会話サプリ コンセプトムービー」拍攝廣告時,其妹對著電腦學習英文,碰巧家貓若無其事、大搖大擺地「走過」並被拍進鏡頭,場面諧趣。特別的是,「爬格子」亦是吉他的一種基本練習,熟稔音樂多於寫作的讀者,似亦可想像成吳衛峰彈奏吉他時,連貓也被吸引過來了;而木村ともや為《甘党男子Sweets Book》第二冊拍攝照片,以及出席自己的二十八歲慶生活動時,恰好都是拿著吉他的。

　　至於吳衛峰所寫「半山腰的蕎麥麵館／鹿鳴聲聲」,如所周知,《詩經・小雅・鹿鳴》有言:「呦呦鹿鳴,食野之苹。我有嘉賓,鼓瑟吹笙。」歷代多釋為宴饗嘉賓、得其忠心之作,曹操〈短歌行〉亦用此義。《水滸傳》的梁山頭領朱貴開設酒店,負責接引豪傑入伙,配得上呦呦的「鹿鳴聲聲」,不過其店雖與山寨緊密互聯,畢竟是「枕溪靠湖」,非在「半山腰」處,也沒說是賣「蕎麥麵」的。倒是漫畫《航海王》(『ONE PIECE』)裡,賓什莫克・香吉士(VINSMOKE Sanji)在和之國扮作蕎麥麵店老闆,意欲利用料理來聚集武士,發動起義,與「鹿鳴聲聲」及「蕎麥麵」皆可對應。恆川光太郎(TSUNEKAWA Kotaro, 1973-)的長篇小說《滅絕之園》(『滅びの園』)開首則說,蕎麥麵店老闆收留主角過

夜，主角不好意思長住，老闆於是介紹他到有鹿出沒的雞山半山腰空房子去；如是者，那空房子便成為主角的下一個「蕎麥麵館」——棲身之所了。

　　有時我也純以「俗」的角度發揮想像，如吳氏「海風／黑岩下的紫羅蘭」給我的感動完全是神會的，落實到言詮，我便想起《航海王》裡以多雷斯羅薩為根據地的「唐吉訶德家族」，其主要幹部分別以「黑桃」、「紅心」、「梅花」及「方塊」為代號，其中「黑桃」擁有「岩石果實」能力，可以和岩石同化，變身成超巨大的石人進行攻擊。普通幹部之一的維爾莉特（Violet）本名碧歐菈（Viola），原是多雷斯羅薩王國的公主，其化名的意思即「紫羅蘭」。在主角「草帽海賊團」掀動「海風」，前來撼動「唐吉訶德家族」的統治時，維爾莉特為了恢復故國，毅然背叛邪惡的現任國王唐吉訶德·多佛朗明哥（DONQUIXOTE Doflamingo），並與主角蒙其·D·魯夫（MONKEY D. Luffy）入侵王宮。得悉「紫羅蘭」維爾莉特背叛的「黑桃」，於是與王宮的「岩」石同化，捲動地板，將維爾莉特拋出宮外，後來更居高臨「下」，想用石人的巨掌壓死「紫羅蘭」——「黑岩下的紫羅蘭」能保住性命麼？問問有追看《航海王》的學生便知道了。

　　吳衛峰的「柿子熟了／遠行的單車隊」則讓我想到渡邊航（WATANABE Wataru, 1971- ）的《飆速宅男》（『弱虫ペダル』），該部漫畫獲改編為動畫、舞臺劇、電視劇及電

影，影響力非凡。動畫版中，重要角色東堂盡八（TOUDOU Jinpachi）由暱稱「柿子」的著名聲優柿原徹也（KAKIHARA Tetsuya, 1982- ）配音。東堂盡八是單車好手，擅長上坡，一發力便能把「單車隊」拋得遠遠的，獨自攻向山頂。「熟了」的幾種意思：最直接的，是指東堂盡八的技術純「熟」，罕有其匹；刁鑽點，東堂綽號「睡美人」，在公路上預備超越前面的對手時，能夠隱藏氣息，彷如「熟」睡一般，被超者甚至還未感覺受威脅，就會被甩開一大段距離。

　　當然，純與「雅」的範疇連接，吳衛峰的俳句也能夠激起多重想像。例如「蟬聲／夜行路長長的影子」，句意可藉李商隱的〈蟬〉加以發揮，「夜行路」指行走在暗淡的仕途上，即李商隱〈蟬〉之所謂「薄宦梗猶泛」。稍作引申，李白〈行路難・其二〉的「行路」亦指行走仕途：「大道如青天，我獨不得出。羞逐長安社中兒，赤雞白狗賭梨栗。彈劍作歌奏苦聲，曳裾王門不稱情。淮陰市井笑韓信，漢朝公卿忌賈生。」創作〈蟬〉之時，李商隱因失意官場，頗覺落寞，但聽見那「五更疏欲斷」的「蟬聲」，頓時又領會到高潔的「蟬」等同自己的「影子」，和自身形象疊合：「煩君最相警，我亦舉家清。」蟬提示了李商隱，在官場「一生襟袍未曾開」縱然教才華橫溢的他備感無奈，然而只要能保持住志行清潔，便有底氣抬頭挺胸做人。

　　如果把「行路」視作廣義的行世間路，入「夜」在《孟

子‧告子上》則有特別意思。孟子（孟軻，前372-前289）認為人皆有仁義之心，破曉之時其氣清明，但白天與人相處，被外界影響，反反覆覆，清明之氣就受到攪擾，所謂「夜氣不足以存」，人也因此變得和禽獸相距不遠。拖著沉暗的、「長長的影子」，或可象徵白日的負面情緒尚附在身上；聽覺與視覺共融中，「蟬聲」是以其聒噪徒添「影子」的重荷，還是以其清亮洗滌心靈，鼓舞人重新振作呢？兩說似均可成立。孟子曰：「苟得其養，無物不長」，他大概會傾向後一解，希望人能善養其心，光大正氣。與孟子同時代，屈原（約前340-約前278）便是以「蟬蛻於濁穢」受人歌頌，而後世「玉蟬」為君子之佩，都寄寓了仁者籲人養心向善的胸懷。

　　吳衛峰的「風吹簾動／春夢」，首先可與李商隱詩合讀。李氏〈正月崇讓宅〉寫過：「先知風起月含暈」、「蝙拂簾旌終展轉」，既有「風吹」，亦見「簾動」，但其所念的愛妻經已亡故，一場「春夢」到底是了無痕的，李商隱只得「背燈獨共餘香語，不覺猶歌起夜來」。其次，「春夢」可指妄想。《壇經》記載：「二僧論風幡義，一曰風動，一曰幡動，議論不已」，六祖惠能（638-713）則開示說：「不是風動，不是幡動，仁者心動」，道出雜念才是「動」的源起。那麼在俳句裡，是「風吹」，抑或是「簾動」？可能皆不是，只是「春夢」占據了心，方使人覺得風動簾也動──由於心動，六字華俳，遙接了唐代的詩思與哲思。

再讀吳衛峰「又錯過家門／路邊的杜鵑花」：綻開的杜鵑花就在家門口，忙於生活的人卻輕易把它錯過，殊為可惜。當然，一些拯世濟民的偉人肩負起大事業，「錯過」生活的小確幸也是難免之事，如中國傳疑時代的禹為了治水，「禹親自操橐耜，而九雜天下之川；腓無胈，脛無毛，沐甚雨，櫛疾風」，與自然界作著「燒不暇撌，濡不及扢」的艱苦鬥爭，「三過其門而不入」僅屬小事，更遑論有無注意「家門／路邊」花之開落了。可是芸芸眾生並非大禹，為了追求飄渺幸福而忙亂到忽視眼前美好，恐怕還是有點本末倒置。清代《德育古鑑》載云：

> 太和楊黼，辭親入蜀，訪無際大師。遇一老僧，問所往。黼曰：「訪無際。」僧曰：「見無際，不如見佛。」黼問：「佛安在？」僧曰：「汝但歸，見披衾倒屣者，即是也。」黼遂回。一日，暮夜抵家，扣門。其母聞聲，喜甚，不及衫襪，遽披衾倒屣而出。黼一見感悟，自此竭力孝親。

　　那位出門訪名僧的人，原來是「錯過」了近在眼前的慈親，這和吳衛峰「又錯過家門／路邊的杜鵑花」誠然是互通的。蔡志忠（1948- ）把《德育古鑑》的這則故事收進《漫畫禪說》中，而一首傳播甚廣的禪詩曾寫道：「到處尋春不見

春，踏破芒鞋嶺頭雲。歸來偶把梅花嗅，春在枝頭已十分」，亦是提醒致力向身外求索之人，不妨回頭把「家門／路邊」的花香嗅嗅，頓悟「靈山只在汝心頭」。這樣看來，吳衛峰的俳句亦內蘊禪意，「家門／路邊的杜鵑花」與靈鷲山上所拈之「花」一樣，都能夠生出覺悟。

　　吳衛峰的俳句寫過：「夜宿的天鵝／最上川的童話」，筆底景致大約就是他在一則留言提及的，冬季時其住處附近棲息著萬隻天鵝，晚上河水都變成白色。「天鵝」本不屬於「最上川」，但因受最上川的吸引而停息於此，就像讀者許多展開翅膀的聯想，本不相契於作家的原初意圖，卻可說是受作家文本牽動的新生命。一夜之間，河水變成白色，寫目前所見所感的俳句亦可在一讀之際思接中外古今。在「華文俳句社」的臉書社群留言串，吳衛峰是熱心以金針度人的老師；其正襟危坐的學界朋友已多，偶爾遇上「言雖多而不要其中」的頑皮讀者，大概也能笑納其幼稚「童話」吧。想起克莉斯蒂娃突破樊籬的言說，也想起吳衛峰「夏日夕陽／碧昂絲歌聲伴我歸家」提到的碧昂絲（Beyoncé, 1981- ），讓文本唱出：

　　　　It's like I've been awakened

　　　　Every rule I had you breakin

　　　　It's the risk that I'm takin

　　　　I ain't never gonna shut you out

翻閱族譜，溫熱人際：
說郭至卿《凝光初現》的主題

　　郭至卿《凝光初現》是精彩的句集，除卻在表現技巧上展現「輕快準顯繁」的優點之外，就題材的處理言，也常能建構出一定的體系。以郭氏的「翻閱族譜／枯草老屋前」發軔，其人在俳句中亦彷彿安坐燈火闌珊的老屋，不管都市喧天的功利浮華，從家庭本位整理人際的溫厚。

　　這部「族譜」之中，妻子佔據著最核心的位置，惟此與女權無關，反倒是婦人發自內心的賢淑大方獲得郭至卿歌頌，認為是維繫家庭的至要元素。她寫道：「學烹飪的妙齡妻子／新酒」，大概是女子甫成少婦，便即著手提升廚藝，實行要繫穩丈夫的心，就先把他的胃繫穩。郭至卿信仰基督宗教，〈雅歌〉常將新婚夫婦與「酒」連結，例如：「願他用口與我親嘴；因你的愛情比酒更美」、「我妹子，我新婦，你的愛情何其美！你的愛情比酒更美」等；一首名為〈新酒〉的聖詩則唱道：「新酒澆灌　帶下新鮮恩膏　說不盡的喜樂　充滿我」，不妨移來描述「妙齡妻子」以「烹飪」取悅先生時二人的歡愉。

清代龐娹因丈夫招待客人，家貧無醇醪，乃暗自拔下金釵酤酒，今日或會成抨擊男尊女卑的材料，而傳統上龐娹的大方卻受到稱許。郭至卿的俳句「溫酒香／妻子的髮髻」，便是使用龐氏典故，一個「溫」字，可見出她亦傾向強調龐氏對丈夫的溫馨體貼。另外，在「瓷杯裡的古酒／妻子燈下的縫紉」一則裡，挑燈夜「縫」乃源自古詩詞中妻子為遠遊丈夫製衣的描述，如庾肩吾（487-551）「征人別未久，年芳復臨牗。燭下夜縫衣，春寒偏著手。願及歸飛雁，因書寄高柳」。謝朓（464-499）「夕殿下珠簾，流螢飛復息。長夜縫羅衣，思君此何極」等，表現的又是妻子一片關懷之心。

　　整本《凝光初現》，唯有一處提到愛妻的「嘮叨」說：「妻子的嘮叨聲／啄木鳥不眠」，但啄木鳥是將白蟻、天牛等害蟲從樹內抓出，頻頻搖喙也只為防範問題發生，以之對照妻子，此俳其實隱含對女性護持家庭的讚美。回視古代，晏嬰（前578-前500）車夫之妻、樂羊子之妻等，就都曾用言語導正過丈夫。

　　當然，妻子的縫衣、叮嚀不僅可對丈夫，也可能是對子女，如孟郊筆下「臨行密密縫」的慈母、教訓陶侃（259-334）應一芥不取的嚴母等，均為著名之例。郭至卿所寫的賢妻也是兼具良母身分，如「檯燈下的針線盒／慶祝母親節的歌聲」，即與〈遊子吟〉一脈相承；而「輕摸孩子發燒的額頭／手作母親節卡片」則具見慈母的「輕」柔與關顧，令懂得感恩

的子女要以「手作」的卡片回饋心意。

　　郭至卿直率地讚美女子的賢淑特質，不怕顯得與當代的性別論述主流有差，或許是得之於〈以弗所書〉的教導：「你們作妻子的，當順服自己的丈夫，如同順服主。」當然反過來，「你們作丈夫的，要愛你們的妻子，正如基督愛教會，為教會捨己」。夫妻相愛相敬，到老也不分離，郭至卿「春山笑／老夫婦牽手散步」展現的便是這種幸福場景；若果倒轉，「地震後形成的瀑布／破裂的相框」，丈夫與妻子常因爭吵引致小小家庭內的大「地震」，受傷者流出「瀑布」般洶湧的眼淚，仇恨取代了恩情，象徵家庭圓滿的「相框」便會「破裂」，難以修復，那是《凝光初現》所最畏最怕的。

　　說郭至卿是「翻閱族譜」，這「族譜」自然不能只見夫妻一環。前引「輕摸孩子發燒的額頭／手作母親節卡片」的另種解釋即為：「（我）輕摸孩子發燒的額頭／（又）手作母親節的卡片」，意思是中間的一代下育幼兒，同時上敬慈親，聯繫了三個輩分的人。常言道：養兒方知父母恩，讀者也可想像是一位母親在「輕摸」染病孩子的頭時，更加憶記起自己媽媽付出的大愛。

　　論「孝」應是原心不原跡的──犬馬皆能有養，不敬何以別乎？但在可行的範圍內，若是能好好供養父母，那是再好不過的了。郭至卿的俳句即特別重視讓家中長輩舒心閒適，例如：「祖母戴著繡花帽／山櫻」，不僅不缺蔽體之衣，更能戴

上花帽子，稍添時尚感，輕輕鬆鬆地出遊賞櫻，漫步歡笑林中；「悠閒／爺爺在至善園的長椅上餵貓」，不必為生活奔馳，悠悠然在庭園中與貓相樂，並分享吃不完的食物；「火爐旁的沙發上爺爺打瞌睡／桌上的圍棋」，睏時便眠，毫無罣礙，醒來則隨時與朋友、孫子女下棋，融融泄泄。這些俳句聚焦於「爺爺」、「祖母」，可說是為《凝光初現》的「族譜」添上祖輩人物的重要一筆。

更進一步，郭至卿的「族譜」並不限於一己的家庭，而是「民吾胞也」地擴及以全人類為同「族」。《孟子》提倡：「老吾老，以及人之老；幼吾幼，以及人之幼」，《凝光初現》即亦關懷「人之老」的憂喜，為「拄著拐杖的老人／北風聲」而哀，為「坐岸邊的老人揮釣桿／水亦暖」而樂，甚至身同感受地，與長者綿延、沉重的記憶產生共鳴：「秋天的海／輪椅上望向遠方的老人」、「老人埋入漩渦的眼神／秋湖」，有時也在夢裡變成老者，如「敗荷／夢見年老的自己」。

至於「人之幼」，郭至卿則是為孩子的活潑健康、童年的多彩璀璨而感動雀躍，如「土裡烤地瓜／稻草堆間奔跑的孩子」和「遠足／特別早起的孩子」呈現出兒童的元氣滿滿、好奇心充盈；「宜蘭童玩藝術節／彩色小風車」描繪出童年素樸裡的繽紛。「孩童手拿蛋坐好／立夏」是寫孩子的聽教和慢慢成長，而「鹿野高臺上升的熱氣球／揮手的幼子」則有著對他們在未來飛揚的期盼。郭至卿還寫道：「午後打盹／冰淇淋車

的鈴噹聲」；偶爾，她會被冰淇淋車的鈴鐺響引導回到自己的童年，一來是表達成長快似一夢的惋嘆，二來亦寄寓她對兒童們的欣羨和喜愛。

再圓滿點，《凝光初現》不管年齒幾何，對一切人皆流露出關懷，如「寒晴／救援隊傳來的消息」、「春陰／難民潮移動的新聞」，前者覺得能救出九死一生的受災者，是寒凜氣候下的一線晴和，後者則因難民流徙、無以為家的苦況而感到陰鬱。或認為俳句不應處理太過宏大的題材，我們讀郭至卿縈念社會的篇章卻覺得熨帖自然，一方面是基於她的文字處理功夫，另方面則是從夫妻到祖輩，再到廣泛的老幼和眾生，這其中都以小小一顆心貫通，即使所寫對象大，感覺卻仍非常切身、靠近。

《凝光初現》的「族譜」還要繼續延展，不在同時代止步，而是一直上溯。追蹤往昔，郭至卿的俳句有「翻開蒙上灰塵的舊相簿／窗戶上清明的細雨」，當是緬懷自身家族已棄世的祖先；「寒流至／二次大戰的紀念碑」開始擴及眾多戰事中的犧牲者，「秋風／斜倒路邊的碑石」紀念名字或已磨滅的人物，而「枯野／亂石堆疊的塚」更是囊括無名之徒。李華（715-766）著名的〈弔古戰場文〉大大地同情死者，其結尾云：「蒼蒼蒸民，誰無父母？提攜捧負，畏其不壽。誰無兄弟？如足如手。誰無夫婦？如賓如友。」認為以家庭的關係聯想，便能一體地看待同樣是別人父母、子女、兄弟、配偶的眾

生。郭至卿由夫妻寫起，遍至一切認識的、不認識的，有勳業的、無記載的，她都繫掛於胸，正好是與李華的思路相合，以有情的俳句誌寫出博愛的人類「族譜」。

可以說，現代的都市人汲汲營營，戀科技多於生靈，郭氏卻兀自在罕被留意的「枯草老屋前」用心「翻閱族譜」，走一段不同於時流的路，重新塑出漸層式的、包羅極廣的、理想的人際密網——《凝光初現》集中於此一題材，在認同以人為本的文藝愛好者當中，應該頗能獲得讚許與共鳴。多寫都市詩的羅門（韓仁存，1928-2017）、隱地均曾獲譽為「都市心靈工程師」，並不集中寫都市的郭至卿，其俳句卻一樣擔當起「都市心靈工程師」的角色，給都市人許多反思的餘地。

互動的炊煙與雪狐：
再讀趙紹球的二行華俳

　　趙紹球是《華文俳句選：吟詠當下的美學》五位作者之一，偶爾亦在「華文俳句社」貼出俳作，篇篇精彩，以品質勝，吳衛峰曾讚歎謂：「趙大華俳第一」，並非虛譽。閱讀趙紹球的華俳，其中的「互動性」值得細說。

　　其一，是事物對應的互動性。

　　在「山茶花開／桌上冒煙的工夫茶」裡，不僅是「工夫茶」茶葉可與同為草本的「山茶花」對應，花的綻「開」和煙的騰「冒」亦同樣有種向外發放的動感；而就位置言，茶在「桌上」也對應花在枝上。另外，趙紹球俳後自注提及，工夫茶著重「泡茶、烹茶及技法，講究的是品飲方式」，這也與山茶花的花語：「了不起的魅力」相合。山茶花雖與工夫茶不同，藉由趙紹球的捕捉和文字調度，其並置卻顯得「不即不離」，關係微妙。

　　同是寫到「茶」，趙紹球的「月亮落到山那邊／茶涼了」有著相似特色。天體的「月亮」和日常飲料的「茶」本身自然少有相聯，但趙氏選取前者的「落」、後者的「涼」，將光

華隱匿、熱度減退這兩種吸引力消失的情況繫在一起，卻讓「月」、「茶」建立起了交融的空間。月落茶涼是必然之事，從天邊的月回看面前的茶，個人或事業的逆折似乎也是無可避免；從面前的茶回看天邊的月，自然萬物，也都有盛衰變化的週期，莫之能外，使人生嘆。

更精妙的是「冷風中梅花初綻／黑貓抖毛」一則，梅花之「綻」、黑貓之「抖」彷彿和應，因動感而互相連結起來；「冷風」料峭，又使得「抖」這一反應自然流暢。反過來，黑貓「抖」擻身軀，振作精神，適好和梅花「初綻」時萌動的生命氣息相呼。種種互通，讓閱讀此俳變得極富趣味。至於貓的「黑」、梅的豔，色彩上的對比也令兩位主角形象更加鮮明。

趙紹球另一寫「貓」的俳句為：「地上飄浮的桂花香／貓叫春」。桂花散落「地上」，一如貓咪伏在地板，但這種互聯仍屬皮相，不足以見出趙氏構思的出彩。趙紹球捕捉的，乃是較抽象的貓之「春」情，於是他以不具形體的「桂花香」來襯托，以「飄浮」對映情緒之變化流動，以「浮」字暗示貓內心的躁動不安，處處把「桂花香」和「貓叫春」聯繫起來，巧妙之極。

其二，是事物發展方向的互動性。

趙紹球「無星夜／花瓣撲向酒杯」一作頗為精緻，「星」在上空，需要仰觀；仰觀無星，卻有繁花。表現繁花，趙氏讓它「撲」下來，改用俯視之眼看向酒杯；但同

時，酒杯的液體可以反映上方，無數的「花瓣」既在下，亦在上。「星」與「花」上下互動，深契此俳的讀者也配合視角游移，靜態的場景遂有了內在的活力，點石成金。值得補充的是，趙紹球形容落花時用「撲」不用「飄」，也讓這種內在的動感更形強烈。

類似的表現見於「錦鯉悠游在雲中／噴水池畔」，浮面地看，該俳亦不失為表現悠閒的佳篇，情狀與柳宗元〈至小丘西小石潭記〉所寫的「潭中魚可百許頭，皆若空游無所依」相似。然而俳中事物的發展方向更值得深入凝視：錦鯉本應悠游下方，池水的倒映卻讓牠彷彿升入雲端；相對地，雲本應浮於空中，俳人卻把它拉進池內，上下換位。作為背景的「噴水池」，其水柱亦復兼融上下，由下而上噴發，再彎曲向下墜落。下與上的紛呈，讓此俳充滿空間性的流動。

把這種方向的變改移用來閱讀趙紹球其他華俳，感受似乎又有所更新。例如「返鄉路上／夾道的風鈴木」，若想像「風鈴木」只是寂然不動的，則此作的意涵只停留在樹木「夾道」等候歸者的地步，物是物，人是人，相涉尚不全面。但假若想像「風鈴木」面向歸者，與「返鄉」的方向相對，歡迎的意味就濃烈許多；而如果進一步設想「風鈴木」背向歸者，與「返鄉」的方向相同，則歸者更似乎是一路受著兩邊樹木的手簇擁、推動，回鄉的步伐更加輕盈，幾乎可「載欣載奔」了。

相近的例子是「一路打照面的冬月／歸程」，歸路的方向是西？是東？如果是向東方，跟月亮的西行相反，「一路打照面」實可顯出歸者的孤寂──無人相伴，唯有淒寒的「冬月」迎面而來，獨看明月應垂淚。但如果是向西，和月亮運行的方向一致，那麼又可以想像，旅人因快步流星，腳不點地，常常能追上「冬月」，與它「一路打照面」，其歸心似箭的形象躍然紙上。趙紹球筆下的「返鄉」、「歸程」分別以搖動的「風鈴木」和光轉的「冬月」烘托，由讀者佈置事物發展的方向，巧妙留白，背後可說是有其匠心。

　　跨俳句地看，趙紹球寫過「飛輪般的歸心／新春南北大道上」，南北自然指向不同的兩極，而重點是「飛輪」為「動」；在另則俳句裡，趙紹球改用了「不動」之物：「安全島上的杜鵑花／南北大道」。不難看出，「南北大道」依舊，藉由動如輪子奔馳的心、不動如棲居安全島上的花，卻能夠讓人有緊張與靜定兩種迥然有別的感受──俳人其實已示範，看待同樣事物時，不妨使用殊異的出發點，調動審視的方向。

　　除此之外，趙紹球俳句還有種讓發展方向對撞然後凝於中間狀態的寫法，例子是「生日蛋糕上少了一根蠟燭／愚人節」。「生日」是朝著歲數增加的方向發展，「蛋糕上少了一根蠟燭」卻是向「減」行進。是「加」誠實呢？抑或「減」才得體？在「愚人節」，這似乎都沒有認真的需要，減得快樂，

加亦怡然。甚至乎，既屬「愚人節」，是否真的當天「生日」也可以別去計算了。這種無加無減的狀態，猶如趙紹球另則俳句寫的：「江上／一盞盞明滅的螢火」，那火光既是「明」，也是「滅」，意義無須定於一尊。

結合「事物對應的互動性」和「事物發展方向的互動性」兩者的，即是「雪狐探出頭來／傍晚的炊煙」。「雪狐」有著柔韌度高的身體，與「炊煙」的直中帶彎的形狀相似，讀者甚或可想像炊煙的尖端猶如雪狐的鼻或尾巴；雪狐「探出頭」的動作，則是與炊煙從煙囪冒出相應，這構成了「事物對應的互動性」。讀者從「雪狐」想到下「雪」（事實上，趙紹球為此俳製作動畫片段，即是以紛飛的雪花為背景），雪朝下降，「炊煙」卻在上升，俳句含藏的兩種方向流動，正正以「事物發展方向的互動性」，令畫面增加了內在的動感。

讀趙紹球的華俳，我常有孩子氣的和學究氣的聯想。

趙紹球關心「孩子」，他的文章〈認真的孩子，超棒！〉、〈等待一朵花開的時間〉、〈當世界按下暫停鍵〉等，均是言之有物而語氣平和，內容反映他衷心欣賞學子的創意並時時給予鼓勵。趙紹球說：「我常跟孩子強調，我不是以畫得美不美為判斷標準，而是看重你作品中有沒有想法和點子。」如果孩子們翻閱趙紹球的俳句，在腦海內加以「再創造」，不知道將注入什麼「想法」、拋出什麼「點子」，讀出趙氏也意料不及的新意？

隨便發揮，看《哆啦A夢》（『ドラえもん』）的孩子讀「暑假收心前的嬉鬧／竹蜻蜓」，應該頗容易憶起卡通主角的法寶「竹蜻蜓飛行器」；若是看「驟雨／賴在床上的假日」，喜歡《航海王》的孩子應會想到綽號「驟雨」的勘十郎（Kanjūrō）。在仍未曝光真正身分前，勘十郎在和之國的復仇團隊中幾近無所事事，別人努力刺探軍情、招募義士，他卻儼如「假日」般空閒，多少給人「賴在床上」的感覺。我這超齡孩子則由趙紹球「驟雨」的日譯「俄雨」而想到動畫《隱之王》（『隱の王』），故事中目黑俄雨（MEGURO Gau）因故受傷，昏迷不醒，當「隱世」眾人爭戰不休時，俄雨卻有段時間躺在醫院，那正是「賴在床上的假日」。

至於「流星／放閃的一串夢想」，最容易令現在的孩子想到《偶像夢幻祭》（『あんさんぶるスターズ!』），該作的基本版共登場四十多個偶像角色，名單甚長，以「一串」來形容絕不為過。其中，以守澤千秋（MORISAWA Chiaki）為首的「流星隊」、名字裡有「流」有「星」的明星昴流（AKEHOSHI Subaru）均有著在演藝界發展的「夢想」。當然，《偶像夢幻祭》的許多帥哥都璀璨如「流星」，亦個個懷「夢想」，我猜拿趙紹球俳句的日譯去問「少年ジャッカル」的大孩子佐倉漣太朗（SAKURA Rentarou），漣太朗會答他想起所有的角色。

另邊廂，我曾撰〈中國情結與日式美學〉一文，整理在閱

讀趙紹球俳句時可能聯想到的古典文學文本,那當是我學究氣的集中表現。這裡不再複述有關觀點,但可略作補充:即使沒有連結起具體的古代作品,只看趙紹球四季俳句中的「江南暮春／一陣煙一陣雨」、「花落滿階／半夢半醒的早晨」、「明滅」、「伊人」、「微醺」、「夾道」、「向晚」、「新裁」、「一襲單衣」,以及無季語俳句中的「遲暮」、「驛動」、「松風拂耳」等,便可知其人於用字遣詞上深契傳統中國美學,若果作學究氣的探討,其實也非無源水、無根木。

學究氣的另一讀法是,依據解構主義的方式,找出俳句文本中相抗的聲音。在趙紹球「戛然而止的蛙鳴／此路不通」裡,「蛙」可以象徵創新,如松尾芭蕉的「青蛙」跳入「古池」,即代表往毫無生機的文學界注進活力。但「蛙」的醜陋外表又令人產生負面感覺,像聞一多(聞家驊,1899-1946)〈死水〉便拿牠喻指拍馬溜鬚、為軍閥粉飾太平的文人:「如果青蛙耐不住寂寞,／又算死水叫出了歌聲。」所以,根據對「蛙」的不同詮釋,讀者可將趙氏此俳的意涵理解成慨嘆文學運動、藝術改革的失敗,或對諂諛文人的嘲諷。解構掉俳句文本意義的一元論,確有助擴大讀者的參與空間,並讓作品一直煥發生機。

這樣,我把「孩子氣」和「學究氣」對舉,讀者們會選前一方向抑或後一方向為切入點,來展讀趙紹球的華俳呢?可能皆是,可能皆否,可能是中間狀態。這也提供一種「事物發

展方向的互動性」——無論如何，趙大的華俳已經生好「炊煙」，且等讀者「探出頭來」，嗅聞當中的各種可能和趣味。

爐火，搖曳的意指：
二行華俳的多義性

　　華文俳句重視留白，邀請讀者參與其中，吳衛峰即嘗言：「解讀不一定只有一個標準讀法，在字面意思理解大致相同的前提下，不同的讀者應該各自有不同的閱讀體驗。」華俳的多義性往往與寫具象、不直書情緒的特色有關，如吳氏「秋日野餐／飛來一顆足球」，讀者可想像飛來的足球打翻了野餐的飲料、弄髒了鋪好的食物，給人添麻煩，破壞了「秋日」的輕鬆心情；但以愉快的精神看，也可說野餐現場不只有可以填飽肚子的東西，更有一起踢足球的交流，眾人能夠撇開日常繁囂，放情地享受遊戲，即使只作為旁觀者，也會感到快樂——我自己上次去野餐，便看到兩位少年郎在草地上踢足球，飛來飛去的足球深蘊青春氣息，令我頗覺開懷。讀者還可以想：那顆飛到席上的足球其實等如一則邀請，野餐者吃過食物，補充了體力，正好在「秋日」的舒爽天氣中抖擻抖擻，下場與萍水相逢的踢球者切磋切磋，只要不過度激烈，那也是極佳的餐後活動，連情緒也稍轉高昂了。

　　郭至卿寫的「孩子張大的嘴／聖誕禮物的夜晚」亦一樣，

張大了嘴可能是喜出望外的反應，意思是小孩們為收到的節慶禮物而興奮雀躍；但把嘴張大也可能是出於無奈，例如辛牧〈看天田〉寫過：「除了老天／誰也幫不了忙／這片土地／是三叔公的頭／光禿，不長一根毛／只張大口／而叫不出一聲來」，那麼此俳的意思便是在該收到禮物的「夜晚」偏遲遲不見禮物的蹤影，小孩難免大感失落。劉正偉（1967- ）〈十二月〉首節恰好曾說：「聖誕老公公和我都誕生在十二月／除了冷冷的寒意／從來不曾收到他的禮物／因為童年襪子都破洞的關係？」明示「聖誕禮物的夜晚」有時只得深沉的「夜」，卻沒有包裝悅目的「禮物」。

除卻把情緒隱去外，俳句中的二項事物因刪削掉過多的細節，亦容易創造出「語義空白」，當讀者介入後，便會產生多義。例如：郭至卿「一聲雷／成績單上的紅字」，正常的解釋是紅字標記某些科目不合格，適巧窗外一聲雷響，接獲成績者也是五雷轟頂，害怕會惹得其家長大發雷霆；但成績單上，有時老師也會以紅筆記寫各種分數，「紅字」亦可能是「優」、「100」、「A+」等等，標示學生的卓越，那麼「一聲雷」可能是烘托他的「平地一聲雷」，一鳴驚人，其內心因此變得歡聲雷動。

讀歐陽修〈醉翁亭記〉，知風景有朝暮四季之變化，各極其妙。吳衛峰的「松枝間／斑駁的秋光」卻隱去時間標示，讓讀者自行設想晝夜的畫面──假如「秋光」在晨間，因松枝而

「斑駁」，其景致即類似〈與宋元思書〉的「疏條交映，有時見日」；如在晚間，則接近〈山居秋暝〉的「明月松間照」，各有姿彩。

　　最能引發多重聯想的，則可能是洪郁芬的「踢飛蚱蜢前進／草千里」。據中國及日本傳統，蚱蜢象徵著幸運、美德，其在古希臘則象徵尊貴。把蚱蜢「踢飛」，投身莽莽的「草千里」，最先令我想起撇下好名聲與官位、落草為寇，以追尋更高正義的《水滸傳》或《結水滸傳》人物。而若只聚焦在「幸運」一端，把它「踢飛」也令我想起國民革命軍將士，他們高唱著〈國際歌〉（"The Internationale"）：「從來沒有什麼救世主，不是神仙也不是皇帝。更不是那些英雄豪傑，全靠自己救自己！」轉戰「千里」、冒險「前進」，依賴的並非蚱蜢象徵的好運。

　　在英文裡，蚱蜢則象徵老邁。周邦彥在〈瑣窗寒・寒食〉中自承因「遲暮」而提不起勁，連「旗亭喚酒」也都興致缺缺，要「付與高陽儔侶」；但上了年紀的人若肯把垂暮的刻板印象「踢飛」，則可以迎見更前程遠大、更具可能性的「草千里」，此所謂老當益壯，如小說《三國演義》的黃忠便堪為一例。巧合的是，「草千里」能夠砌出一個「董」字，在臺灣新詩壇，本名董平的向明（1928- ）實允稱「踢飛」老年限制、寫作「向晚愈明」的典型。

　　再切換角度，洪郁芬信仰基督宗教，《聖經》的〈民數

記〉（"Book of Numbers"）有個著名比喻：「我們在那裡看見亞衲族人，就是偉人；他們是偉人的後裔。據我們看，自己就如蚱蜢一樣；據他看，我們也是如此。」在這裡，蚱蜢被賦予了「渺小」的意涵。如果急於推衍意義，則「踢飛蚱蜢前進」一行，不妨釋作把阻擋自己的小事情挪開，不必為其所困，而應注目眼前廣袤的「草千里」。可是細究〈民數記〉後文，約書亞（Joshua）和迦勒（Caleb）曾勸勉害怕再「前進」的以色列人說：

> 我們所窺探經過之地是極美之地。耶和華若喜悅我們，就必將我們領進那地，把地賜給我們，那地原是流奶與蜜之地。但你們不可背叛耶和華，也不要怕那地的居民，因為他們是我們的食物，並且蔭庇他們的已經離開他們。有耶和華與我們同在，不要怕他們。

據經文記載，約書亞和迦勒都信靠全能之神，深知前方肥沃的「草千里」是神為以色列民預備的，他們二人亦因而「踢飛」、拋開了對自身渺小的疑慮。新約時代，耶穌基督亦曾宣告：「在人這是不能的，在神凡事都能。」沿此發軔，洪郁芬的「踢飛蚱蜢前進」，實可解作忘記自認渺小的背後，努力向神豐盛的「草千里」奔跑，藉著信心克勝世上諸苦難。

在洪郁芬生活的臺灣，蝗蟲亦被稱為蚱蜢的一種，而蝗蟲

在《聖經》絕然是災害的代表，如〈出埃及記〉、〈約珥書〉（"Book of Joel"）和〈啟示錄〉就都曾濃墨重彩地寫過蝗災的恐怖。若從這方面想，洪郁芬的俳句又可變成讚歎：面對災害，總有英雄敢於踏上「草千里」的蒼茫之旅，以肉身面對凶險，務求要把禍厄「踢飛」，醫護抗疫如是，消防員撲救叢林大火亦如是⋯⋯

上述已列出多種對「踢飛蚱蜢前進／草千里」的詮釋，它們毫無疑問是旨趣各異的。然而無論朝哪一方向發想，洪郁芬俳句中的「前進」都會讓讀者覺得毅然決然。不過，蚱蜢還有多種象徵意義，如財富、健康、生育、不朽、吉兆乃至靈魂轉世等；各種另類闡釋，諸如踢飛財慾可以更好地欣賞自然、踢飛健康的下場是野草圍墓、踢飛生兒育女的責任能換來徜徉隨心的舒然、踢飛不朽之念人類文明會倒退到草創未就之時等，正是數不勝數，難以窮盡，在想像力各異的讀者群中且可持續滋長，洪郁芬句子中的「前進」亦勢不能只用毅然決然便完全概括得了。

吳衛峰在《華文俳句選：吟詠當下的美學》裡有一作謂：「爐火邊／翻破一卷杜工部」。其中，爐火傳遞的是杜甫悲天憫人式的溫暖嗎？還是像加斯東‧巴修拉（Gaston Bachelard, 1884-1962）遐想的，飛舞的火焰亦一同傾訴和歌唱嗎？抑或說，爐火是在暗示勤勞的學者著力從杜甫詩集中查找資料，卻偏偏屢尋而不得的心焦呢？閱讀《杜工部集》，特別是「翻

破」式的反覆閱讀後，吳衛峰的感受應是多重的。同樣地，無論是基於文本隱去情緒或留下語義空白，讀者在投入細看吳氏等人的二行華俳時，亦應會有著多重的理解。讀者與文本產生互動，在對複義的領略和演繹裡，作品的生命力乃得以持續並發旺，適好如不斷添補柴薪的：「爐火」。

落葉，堆疊的春泥：
二行華俳的再創造

　　如所周知，俳句的世界是靠作者和讀者共同完成的，有時讀者介入的強度夠高，便能達致「再創造」的效果。例如趙紹球技藝精湛的「雪狐探出頭來／傍晚的炊煙」，拿給《航海王》的粉絲看，可能會讀出義狐鬼丸（Onimaru）的形象來；「流星／放閃的一串夢想」讓《偶像夢幻祭》逾百萬的玩家看，則沒理由不扯到守澤千秋領軍的「流星隊」或明星昴流身上。這些雖不在作者預料之中，卻能夠見證文本自有其生命力，在讀者與之互動時能夠擦出全新的意義。

　　所以說，俳句在活躍讀者思維後，其激出的再創造常非俳人所能預估。又如讀郭至卿「小籠包／孩子蘋果的臉」，我總想到「甘党男子」〈御手洗団子〉的MV，塞進嘴裡的雖然不是「小籠包」而是「團子」，卻一樣能使「孩子」的「臉」看起來脹鼓鼓的，非常可愛；蕭蕭（蕭水順，1947-）則可能想到寶貝孫女「蕭蘋果」，嬰兒的臉龐十分飽滿，既像「蘋果」，又像填滿餡料的「小籠包」。

　　吳衛峰「爬格子／發情的貓走過」一作，按吳氏的學者身

分，「爬格子」應該便指寫稿。可是對嫻熟音樂的讀者來說，「爬格子」更直接讓人想起吉他指法的訓練。成語「對牛彈琴」，說的是牛對高雅的音樂無動於衷，而在做「爬格子」練習的吉他手卻成功令「貓」也「發情」，技術應是極高了，遠紹著《列子‧湯問》的「匏巴鼓琴，而鳥舞魚躍」。

這種高強度的讀者介入更是可隨時變化的，同一讀者每次讀俳，也可以有不相同的思索。例如：我讀吳衛峰「又錯過家門／路邊的杜鵑花」，首次是只從「雅」的角度看，牽連出「三過其門而不入」的大禹、《德育古鑑》的故事和「歸來偶把梅花嗅」的禪詩；再讀時，卻想起古巨基（1972- ）的粵語流行曲〈愛得太遲〉：「錯失太易　愛得太遲　我怎想到　她忍不到那日子　盲目地發奮　忙忙忙從來未知　幸福會掠過　再也沒法說鍾意」，鮮花錯過會凋謝，家人錯過會抱憾。

第三次細讀，是聽楊才本（1957- ）介紹去看《黃昏清兵衛》（『たそがれ清兵衛』）之後。電影版中，真田廣之（SANADA Hiroyuki, 1960- ）飾演的主角十分關愛家人，總是趕及在黃昏之前回到家裡，以便照顧記憶力退化的母親。其中一幕，快要踏進「家門」時，他特別提醒僕人留意種在「路邊的杜鵑花」——不「錯過」近在家宅的美好，一如不「錯過」與至親相處的時光。

洪郁芬的俳句常能衍生出正反兩面的解讀，例如：「偷拍所有情節／浮水鴛鴦」本身詩意濃郁，「鴛鴦」象徵的是專

情忠貞的愛侶，盧照鄰（約635-約689）〈長安古意〉所云：
「得成比目何辭死，願作鴛鴦不羨仙」，何等深摯。然而就動
物本身的習性論，鴛鴦只會在繁殖期時出雙入對，期盡便各散
東西，下次繁殖期又會另覓新歡，與人們想像中的形象差距
甚大。吳錡亮（吳明憲，1967- ）的〈鴛鴦〉詩便寫道：「對
恁，毋通欣羨／神仙難判ê家事／怪啥，人類無知識／改寫逐
年無全情侶」。所以，要是以很不浪漫的眼光再讀「偷拍所有
情節／浮水鴛鴦」，其中藉「偷拍」收集「所有情節」，似乎
竟添上了抓姦的意味。

　　與之相類，洪郁芬寫過多則與「櫻」有關的俳句，例如：
「夜櫻／從不追究離別」、「山路盡頭之極／櫻花開」等，喜
歡賞櫻的人自然覺得極美。不過，櫻花同時象徵死亡，坂口安
吾（SAKAGUCHI Ango, 1906-1955）小說〈盛開的櫻花林下〉
（「桜の森の満開の下」）即把櫻花的恐怖表現得淋漓盡致，
動畫《青色文學系列》（『青い文学シリーズ』）曾對之進行
改編，詭異的氛圍更是難以驅除。假若讀者亦視櫻花為可畏可
怖之物，定睛看俳句中的「離別」、「山路盡頭」等，應該又
別有一番體會。而用這種眼光看洪郁芬「鐵路黯淡的鈴聲／櫻
花雨」，我立即聯想到夏目漱石《三四郎》（『三四郎』）的
第三章：聲音「黯淡」死寂的「鐵路」上，一列火車將年輕女
子從右肩到乳下攔腰輾過，女子如飄零的「櫻花雨」殞命當
場，招魂的「鈴聲」響在心頭……

放輕鬆點，讀洪郁芬的「風獅爺斗篷／翻轉時間」，作者原意當是說披著「斗篷」的石獅「風獅爺」已在臺灣屹立多年，一直守護島上居民，在海風裡「翻轉」又「翻轉」的「斗篷」承載著綿長的「時間」。在這裡，洪郁芬將動態的「翻轉」和靜態的立像並置，讓「風獅爺」充滿生命力。臺灣人常會對各式神祇作時代化處理，注入朝氣，最著者即為媽祖，如新書《我的媽呀！林小姐》把媽祖稱為「全臺灣最多粉絲的女神」，不以為不敬；適巧閱讀新聞，康乃爾大學的物理學家研製出了「時間斗篷」，新聞標題驚呼哈利·波特（Harry Potter）的隱形斗篷隨時成真——讀者若是發揮聯想，則以一張「斗篷／翻轉時間」的「風獅爺」，實亦可與偶像風範滿滿的少年郎波特crossover，一起「翻轉」石獅的傳統形象。

　　俳句在翻譯過程中產生的空隙，也讓讀者有了更多介入的可能。例如洪郁芬所寫：「湧流不息的泉源／歲之愛始」，其日語為：ほとばしる源ありき姫始め，當中「姫始」指新年後的首次房事，有鮮明的季節印記，甚至具一定的儀式感；英語則為：There was a spurting source／first making love，裡面的first有著較廣的釋義空間，乃至可讓有心的讀者發揮為初嚐禁果。反觀漢語版，「歲之愛始」的「愛」字不易令人直接想到性愛，「湧流不息的泉源」因此減卻了形而下的指涉，可理解為較單純的、泉湧的愛意和傾慕。讀者若是能兼讀洪氏俳句集內的三種語言，自可在游移的意義間一再逾越，接收的反應全不必以

數罟網住，更無須定於一尊。

　　俳句不排斥寫合歡之事，深諳西格蒙德・佛洛伊德（Sigmund Freud, 1856-1939）學說的讀者更往往超出作者預期，「於無聲處聽驚雷」，把紙上的風和月看得「楚天雲雨盡堪疑」，從原先沒有性意味的作品中讀出奇怪的訊息來，這也是千變萬化的讀者反應之一種。舉例來說，「雪」在新詩中偶會指涉陽精，如洪淑苓（1962- ）〈腥臊的雪繼續下著〉即甚明顯，而洛夫（莫運端，1928-2018）〈曉之外〉那位喊出「一聲男性的爆響」後「獨釣寒江雪的老漢」，所釣之「雪」應該也暗指精液。如是者，讀洪郁芬筆下的「初雪／溶成一滴淚」，多疑的讀者可能又別有新詮。

　　讀者可想像那滴「淚」是女生落的，抑或是男生落的。如果是男生，漫畫《愛與寬容》（『アイシテル～海容～』）曾有段小六男孩遭女性侵犯的情節，由此發軔而釀成連串悲劇，叫人難收苦「淚」。我倒是很快從「初雪／溶成一滴淚」想到古代詩詞常見的「雪涕」，如李商隱〈重有感〉的「早晚星關雪涕收」、陸游（1125-1210）的「雪涕為時傾」等，都屬關注世局之作。床很小，天下很大，「一滴淚」卻同時能映照出須彌與芥子[1]。

---

[1] 問謝善妍（1994- ），她應該知道「EXO-M」有首〈初雪〉，歌詞中「第一場雪下起的午後」和「看著你的淚」畫面重疊，與「初雪／溶成一滴淚」頗有相連的可能。

讀者有時不能為其聯想和再創造給出滴水不漏的解釋，但只單純把所想說出，也能夠豐富閱俳的感受。像是吳衛峰「三月絲雨／溫泉旅館的燈籠」，常理是勾起讀者住宿「溫泉旅館」、在微明「燈籠」下靜看「絲雨」飄降的回憶，意態舒徐，感覺輕鬆；要是把「絲雨」和「燈籠」看得浪漫點，也不妨想像是去大江戶溫泉物語看「甘湯祭」，約定好春「三月」與喜歡的偶像見面。在我的記憶庫中，「三月絲雨／溫泉旅館的燈籠」卻先撞出了夏目漱石養病的湯回廊菊屋，於是「絲雨」含愁，「燈籠」煞白[2]；再激起正岡子規臨終吟詠的：をとゝひの糸瓜の水も取らざりき。正岡子規和夏目漱石有著深厚的俳句因緣，二人的養病情況亦不可謂不相似，但說到子規遣句與吳衛峰「三月絲雨／溫泉旅館的燈籠」有何關連，恐怕我只能以「絲雨」和「絲瓜」的「絲」字，勉強「絲」連起斷藕了。齊宣王（田辟疆，約前350-前301）曰：「夫我乃行之，反而求之，不得吾心。」

　　對洪郁芬「一會即一生／初夏東風」，我則放任了自己錯讀。在英譯中，「一會」翻作encounter，意指遇見、遭逢，也即日語「一期一會」裡的「一會」。我的刻意錯讀，卻是把「一會」曲解成「一會兒」。「一會兒」有時可影響「一生」，甚至影響歷史百年——亞歷山大大帝（Alexander the

---

[2]　與這種氣圍接近，郭至卿《凝光初現》的秋季俳句有「燈籠燭火一明一滅／跪坐誦經」。

Great, 前356-前323）若果不繼續東征印度，而是返師西行，羅馬的霸業可能早早被扼殺；袁紹（？-202）如不是決定照顧生病的孩子，而是聽田豐（？-200）之計偷襲許昌，中原爭霸的結局很可能全面改寫。同樣地，赤壁之戰那場只吹「一會」的「東風」要是不刮起，「東風不與周郎便，銅雀春深鎖二喬」，周瑜的「一生」便要到頭，再沒有「談笑間，檣櫓灰飛煙滅」的美談流傳後世了。不過，赤壁之戰發生在夏末秋間，細看之下，與洪郁芬俳句中的「初夏」並不相合，只能算是我無端地「發思古之幽情」了。

郭至卿的傑作云：「樹下堆疊的俳句／落葉」，我卻倒過來，把本體改成「俳句」，將之喻為「落葉」：當俳句之「葉」從作者這棵大「樹」手中脫「落」後，路人注意到它們了，就據其形狀、色澤等等，產生各種各樣的聯想，有時是把握住「葉」上的紋理脈絡，有時是尋索「葉」尖所指的不同方向，無論如何，總是葉葉關情。我的思索是：落「葉」不是無情物，化作春泥更護「樹」，讀者閱俳後發揮的意義，會不會也成為「春泥」，變作反饋，刺激「樹」的靈感，讓枝條上滋育出更繁茂的「葉」來呢？

附錄

付録

與華俳互動的「喜好」和「經驗」：
余境熹訪談

【受訪者】余境熹（以下簡稱「余」）

【訪問者】馮慧安（以下簡稱「馮」）

（馮慧安，與余境熹合著〈論隱地《七種隱藏》的禁忌語和委婉語〉、〈隱地新詩的美學求索〉等，並編輯《詩學體系與文本分析》。）

時間：2020年2月7日

地點：沙田萬怡酒店MoMo Café

馮：你提出可根據「知識」、「經驗」和「喜好」來與二行華俳互動，「知識」的試驗已很多，可以談一下「經驗」和「喜好」嗎？

余：也許先說「喜好」方面的。其實俳人寫作，也會將「喜好」放進文本，例如吳衛峰曾將喜歡的流行歌曲入俳，在「夏夜／濤聲和著『真夏的果實』」言及桑田佳祐名作，

在「夏日夕陽／碧昂絲歌聲伴我歸家」則提到美國歌手碧昂絲。

反過來，當讀者的大腦接收俳句時，除了理解作者的意思外，還可據個人「喜好」來展開更廣袤的聯想。就以吳衛峰提到的〈真夏的果實〉（「真夏の果実」）來說，那首歌還有鄧麗君（鄧麗筠，1953-1995）翻唱的版本，粵語改編有張學友（1961- ）〈每天愛你多一些〉，此外還有薛凱琪（1981- ）、方大同（1983- ）的〈復刻回憶〉等很多新版本。讀者可以選自己喜歡的版本代入吳衛峰俳句的情境，讓自己熟悉的旋律和歌詞和著「濤聲」，獲得不同於原作的新感覺之餘，甚至能像洪郁芬說的，有了感興，進而能寫出自己的俳句來。

馮：你在《圓桌詩刊》的訪問中提到，你是「甘党男子」木村ともや的粉絲，能據這方面的「喜好」來示範與二行華俳互動嗎？

余：這樣的話，或許我先舉洪郁芬的「魚鱗雲／地球彷彿那方」為例。洪郁芬寫的是天上的雲朵如魚鱗，可能是一尾尾小魚，也可能是共同編織出一頭大魚的身軀，向地球遙遠的他方游移，十分有動感。「甘党男子」有首以鯛魚燒為主題的歌：〈たいやき〉，成員神久保翔也（JINKUBO Shoya, 1991- ）有套演出服，是以閃亮的「魚鱗」紋式來設計的。當演唱〈たいやき〉時，成員們會像魚般帶領臺

下觀眾向舞臺左、右兩方游動，場面用「魚鱗雲／地球彷彿那方」來形容頗為合適。有時成員會突破舞臺的邊界，像三上義貴（MIKAMI Yoshiki, 1990- ）就曾跳下舞臺，陪觀眾一起左右游移舞動，「地球彷彿那方」的無疆界感於焉可見。讀入這些關於「喜好」的材料後，洪郁芬筆下「魚鱗雲」的游動在我心中似乎更具動感、更加活現，並且讓我想起觀賞表演的美好回憶。

另一例是郭至卿的「悠閒／爺爺在至善園的長椅上餵貓」──要是以「知識」介入，「爺爺」的「悠閒」會讓我想起《孟子・梁惠王上》的「頒白者不負戴於道路」，「至善園」的名字則讓我想到《禮記・大學》開首的「大學之道，在明明德，在親民，在止於至善」，郭至卿在其中已暗示了社會的和諧安樂。「甘党男子」有首歌叫做〈NEKO CAKE!〉，成員們喜歡貓，但又捨不得蛋糕，在兩者之間難做抉擇，恰好是郭至卿俳句「悠閒」的相反情景。透過二作的小小對比，〈NEKO CAKE!〉的戲劇效果與俳句的「悠閒」情境均更形突出，而郭至卿似乎給出了貓與蛋糕不可兼得時的較佳選擇：「餵貓」除了「悠閒」之餘，還讓人與小動物有所交流，「爺爺」愛的付出大概會帶來更多心靈的滿足和愉悅；「餵貓」時坐在「長椅」上，「長椅」是可以舒伸身體的設施，這也象徵心靈的舒坦。就現實來說，「甘党男子」中喜歡貓的木村ともや、

成瀨敦志（NARUSE Astsushi, 1992- ）等，應該也會選擇「餵貓」吧。

馮：你還會觀看其他偶像團體的表演，這方面的「經驗」和「喜好」如何影響你對華俳的接收呢？

余：我喜歡參加日本地下男偶像的音樂會，經常在購票進場後，五六個小時甚至十小時連續看表演都不覺辛苦。稱為「地下偶像」，其中一個原因是，他們的演出場地通常都在「地下」空間，像是新宿BLAZE、白金高輪的SELENE b2、赤坂的NEST CHICKEN等。

當我讀到洪郁芬「地下室冷氣／重金屬音樂」時，雖然我很少聽典型意義上的「重金屬音樂」表演，但「地下室」和「音樂」的聯繫倒是我所熟悉的。「冷氣」與激情火熱的「重金屬」構成一組對比，令我想到多元平衡的主題。約翰·西布魯克（John Seabrook, 1959- ）《暢銷金曲製造機》（ The Song Machine: Inside the Hit Factory）提及，組合要是兼有壞孩子、運動咖、大塊頭壯漢、較具詩意的成員和普普通通的成員，則更能吸納不同類型的粉絲。就單首作品說，我很喜歡「じゃっく☆ぽっと」的〈アポストロフィーの向こう側〉，少年們的可愛與不良有種微妙的平衡；在多個隊伍輪流演出的聯合演唱會中，既有比較可愛的「マッシュアップ」，也有硬實力非凡的「ぶらっくしーぷしんどろーむ。」，在「地下室」的「音樂」裡，我

常常能有洪郁芬那種「冷氣」與「重金屬」相融的體會。補充一下，我也喜歡玩偶像類的手機遊戲，例如一直很火紅的《偶像夢幻祭》。趙紹球的「流星／放閃的一串夢想」，便讓我想到遊戲中努力追夢的「流星隊」；另外，遊戲主線劇情有位經常將「閃閃亮亮」掛在嘴邊的重要角色，其名字是明星昴流，漢字中也適好有「流」和「星」，他在偶像路上「放閃的一串夢想」，也成為我對趙紹球上引俳句的另類聯想。

馮：《圓桌詩刊》的訪問中，你曾被問及「宗教對於你新詩創作的影響」。那麼，信仰方面的「經驗」又如何影響你對俳句的閱讀呢？

余：洪郁芬、郭至卿都寫下不少與基督宗教有關的二行華俳，我想信仰方面的「經驗」首先讓我較容易進入她們所寫的情境，不會覺得有隔閡。我會這樣想：洪郁芬寫過「風獅爺斗篷／翻轉時間」、「春日後晌／媽祖揮動拂塵」等俳句，因為我不太熟悉相關信仰，所以未必能完全理解作者的所思；反過來說，其他讀者如果沒有基督宗教方面的「經驗」，應該也不易明瞭洪郁芬的「小寒／初讀聖經哀歌」；至於在教會有不好「經驗」的人，可能還會反對「永久的祈禱不息／第一道曙光」、「歲初閱覽新約聖經／愛的文字」等。「經驗」之於閱讀，影響是很明顯的。我在《圓桌詩刊》的訪問裡談到：「我是耶穌基督後期聖

徒教會的成員，因遵守『智慧語』而不喝咖啡和茶，所以跟許多新詩人不同，我筆下的咖啡和茶通常寄寓負面意思。」也因為這樣，在讀郭至卿「桌上的咖啡杯／翻開的詩集」時我曾寫道：「郭至卿『桌上的咖啡杯』應是代表悠閒的，甚至暗示讀『詩集』有刺激思維的提神作用；但對不喜咖啡的讀者而言，可能會想到咖啡因的害處，象徵讀『詩集』打亂了本應專注業務的日常生活，特別是讀了壞詩集，純然耗損光陰，這又足以教人警惕了。」

馮：除了宗教的背景外，與宗教有關的經歷又如何影響你對華俳的閱讀呢？

余：如果說點微觀的，我從自己的「經驗」裡學習到：神不僅在春暖花開的日子與人同在，在逆境之中，祂也與人同行。郭至卿寫過「麗日／禱告中浮現上帝的花園」，大概是書寫一種處於順境時的心情；我則會想到失意之人因在「禱告」時能夠感到「上帝」同在，心內陰霾盡散，彷彿復見「麗日」——如是者，「麗日」變成不是「禱告」時的外在環境，反而是「禱告」後內心結出的果。

說簡單點的，我教會在復活節時經常會辦Easter Egg Hunt——尋找復活節彩蛋的活動，所以當讀到郭至卿「復活節／看到空墓穴」時，除了想到耶穌基督復活離開墓穴之外，我還想到「墓穴」可以借喻蛋殼。之所以是「空」的，因為一般來說，未受精的雞蛋不會孕育出生命；而如

果是復活節常見的巧克力蛋，其內部通常是「空」心的。由於有Easter Egg Hunt的「經驗」，郭至卿這首俳句於我不僅有人類救贖的意義，也有渺小的、發現復活節巧克力蛋的喜悅。

馮：可以總結下以「經驗」與華俳互動這一話題嗎？

余：剛才我們提到的，都是與宗教相關的「經驗」。其實讀者絕對可藉信仰以外的、無量無數的個人經歷，去發現俳句的趣味。郭至卿的一首「雲靄／未乾的潑墨山水畫」，就讓我想起多年前到南京中山陵，步下樓梯離開時所見的眼前風景。簡單如旅行的「經驗」，也可以幫助我們更多地與俳句互動。

五島高資讀郭至卿俳句時，多是從「知識」入手，例如把「女孩銀鈴的笑聲／春天的花園」聯繫上日本神話，以《竹內文書》（『竹內文書』）討論「復活節／看見空墓穴」的意指，又將「漁船順東風歸來／岸邊煙裊裊」連結秦始皇（嬴政，前259-前210，前221-前210在位）訪求長生不老藥的典故；然而這當中亦有「經驗」的影響，大概華人讀者從「漁船」、「東風」不會立即想到古代帝王，唯生活在日本的五島高資會很快將「東」方與臺灣、日本扣連，從而令俳句的意涵獲得進一步拓展──五島氏的詮解，正正已示範了以「經驗」介入華俳的趣味和效益，廣大讀者亦可依個人「經驗」，從華俳裡讀出更多的可能。

最後一點補充是：「經驗」、「知識」、「喜好」並非一個封閉的體系，「經驗」能帶來「知識」，「知識」則有時影響「喜好」，做「喜好」的事時又會增加「經驗」。我分門別類地談了這三種途徑，大家卻不妨「三教合流」乃至「另闢蹊徑」，從與華俳的互動實踐中尋找最合於己心、更合於己心的參與方式。

華文俳句在臺灣：
一種文體的存在觀察

秀實

　　因為「華文俳句社」的推廣，2019年臺灣開始了一場華文俳句的運動，或說是「新俳句」運動，且在國外產生了影響。

　　日本的俳句有其源遠流長的歷史。約在我國五代十國時代（907-960）出版的《古今和歌集》（こきんわかしゅう）中所收錄的千首和歌中，便有俳諧歌58首。俳句受唐詩影響而誕生，殆無異議。詩仙李白七絕〈哭晁卿衡〉：「日本晁卿辭帝都，征帆一片繞蓬壺。明月不歸沉碧海，白雲愁色滿蒼梧。」當中的「晁卿」即日本詩人阿倍仲麻呂。他於唐開元五年（717）來京城長安求學。之後留在長安，並歷任左拾遺、安南都護等職。天寶十二年（753）冬回日本。當時有說他遇風翻船溺死，重情義的李白遂寫下這篇佳作。晁卿在長安的36年，與李白、王維、儲光羲等詩人往來甚密。從此事可見日本文學尤其詩歌受唐代影響之深。

　　但把俳句提升為正統的日本文學的是正岡子規（1867-

1902）。他認為當下的俳諧文學價值不高，主張發展為獨立的詩歌。正岡子規必然涉獵過南朝（420-589）劉勰的《文心雕龍》。該書〈諧讔第十五〉中，便首現「俳諧」兩字於同一段落：

> 諧之言皆也，辭淺會俗，皆悅笑也。昔齊威酣樂，而淳于說甘酒；楚襄宴集，而宋玉賦好色。意在微諷，有足觀者。及優旃之諷漆城，優孟之諫葬馬，並譎辭飾說，抑止昏暴。是以子長編史，列傳滑稽，以其辭雖傾回，意歸義正也。但本體不雅，其流易弊。於是東方、枚皋，餔糟啜醨，無所匡正，而詆嫚媟弄，故其自稱「為賦，乃亦俳也，見視如倡」，亦有悔矣。至魏人因俳說以著笑書，薛綜憑宴會而發嘲調，雖抃笑衽席，而無益時用矣。

俳諧「辭雖傾回，意歸義正」，但「本體不雅，其流易弊」，於是正岡子規作出了俳諧的變革。始料不及的是，俳句最後的發展，非但成了日本的「國民文學」，更成了世界文學的一分子。俳句的起源受唐詩影響，而成為日本國民文學，進而成為世界文學，出現「英俳」、「法俳」、「猶太俳」、「希伯來俳」、「漢俳」等等不同語言的俳句。

俳句在民國初年已為詩人們注意。1922年俞平伯在《詩》

創刊號上曾撰文說：「日本亦有俳句，都是一句成詩。可見詩本不見長短，純任氣聲底自然，以為節奏。我認為這種體裁極有創作的必要。」（見〈讀詩箚記〉，載《俞平伯全集·詩文論卷》，林樂齊編。河北：花山文藝。1997年。）當中值得注意的是「都是一句成詩」這六個字。俞平伯畢竟是大學問家，他想把日俳推廣到中國來，以符合他「人人有做詩人底可能性」的主張。但這種移植是應該盡量保有原來文體的審美特質。惜當時詩壇反響寂然。才有後來以「漢俳」為名的五七五格式的出現。1980年詩人趙樸初在歡迎「日本俳人協會訪華團」時，參考日本俳句十七音，即席賦俳三首。其中一首是這樣的：「綠蔭今雨來／山花枝接海花開／和風起漢俳」。就是這十七個字，為日後中國俳句的「名稱」與「格式」作出了一槌定音。漢俳四十年，出現了不少佳構。但更多的是流於形式的偽作，堆砌唐宋詞彙，吟詠假山假水，以舊詩情懷取代都市人心聲。至此曾繁鬧一時的漢俳創作，歸於岑寂。或許，漢俳在等待一次浴火重生。

　　2019年3月臺灣《創世紀詩雜誌》首推華文俳句專欄。標誌著兩行華俳普遍為臺灣詩壇接納。該刊總編輯詩人辛牧在臉書Facebook 2018.12.5上貼文：

　　從198期到203期共六期的《創世紀詩雜誌》,俳句的發表
情況如後。

刊物	作者及俳句數量	備註
創世紀198 2019.03	秀實、趙紹球、郭至卿、離畢華、莊源鎮、洪郁芬、樵客、CJ等8人77首。	樵客、CJ兩人為343的十字俳句。
創世紀199 2019.06	秀實、郭至卿、趙紹球、林國亮、莊源鎮、皐月、微塵、盧佳璟、雅詩蘭、洪郁芬、CJ等11人113首。	CJ為343的十字俳句。
創世紀200 2019.09	洪郁芬、郭至卿、趙紹球、莊源鎮、盧佳璟、穆仙弦、雅詩蘭、黃士洲、微塵、露兒、黃淑美等11人110首。	－
創世紀201 2019.12	郭至卿、趙紹球、盧佳璟、莊源鎮、謝美智、穆仙弦、黃士洲、慢鵝、皐月、微塵、露兒、薛心鹿、明月、雅詩蘭、簡淑麗等15人150首。	－
創世紀202 2020.03	慢鵝、黃士洲、莊源鎮、謝美智、簡玲、盧佳璟、楊博賢、雨靈、皐月、雅詩蘭、簡淑麗、薛心鹿、俞文羚等13人130首。	附:余境熹「華文俳句藝術談」《華文俳句選:吟詠當下的美學》讀後
創世紀203 2020.06	胡同、郭至卿、莊源鎮、黃士洲、慢鵝、簡玲、林國亮、雨靈、曾美玲、皐月、薛心鹿、俞文羚、簡淑麗等13人130首。	附:余境熹〈爐火,搖曳的意指:說二行華俳的多義性〉

　　臺灣詩壇當然也有不同的聲音,堅持五七五漢俳的大有人
在。當中以陳黎為著名。他不但自身創作大量的五七五俳句,

也與其妻子張芬齡共同翻譯了不少日本俳人的作品，並同時在兩岸出版。較為人熟知的是《但願呼我的名為旅人：松尾芭蕉俳句300》與《這世界如露水般短暫：小林一茶俳句300》。我的看法是，兩行華俳的主張與原有的五七五漢俳並不相互牴牾，所有因為在學理上（一種文類的審美特質）的理想追求都有其存在的價值，兩者並無排它性，只是品味審美的相異，並在時間的沖淡中看誰先黯淡。唐詩中五、七言外，原有六言之作，但各不相爭。到清朝仍見六言之篇，如清初三大家的梁佩蘭，便寫下了不少六言佳構。那些拋開學理的意氣相爭，往往反映在胸懷狹隘而學養不佳的人身上。真正的詩人一心於其創作理念的信仰，並竭力寫出佳作，並無其餘。

「華文俳句社」社長洪郁芬氏，一直竭力於華俳的推廣。並爰及海外華語詩壇。2018.10洪氏在香港《中國流派詩刊》開闢了「吟詠當下——華文俳句專版」。每期均在俳句社內徵求作品，挑選優秀的發表。截至2020.7其發表之情況統計於後。

刊物	洪氏短文	作者及俳句數量
流派09 2018.10	俳句切之美學	郭至卿、永田滿德、趙紹球、洪郁芬、吳衛峰等5人60首。
流派10 2019.01	兩百十日之旅：切與兩項對照的俳句美學	／
流派11 2019.04	一溜煙穿過季節的微光綺景	洪郁芬、趙紹球、郭至卿、林國亮、皋月、微塵、露兒、穆仙弦等8人79首。

刊物	洪氏短文	作者及俳句數量
流派12 2019.07	整首俳句為一個「切」	盧佳璟、慢鵝、微塵、莊源鎮、郭至卿、趙紹球、黃士洲、謝美智、皐月、露兒、穆仙弦、洪郁芬等12人72首。
流派13 2019.10	魚躍龍門不息	秀實、郭至卿、莊源鎮、皐月、盧佳璟、微塵、黃士洲、慢鵝、露兒、明月、雅詩蘭、鐵人等12人72首。
流派14 2020.01	從無到無的俳句美學	郭至卿、趙紹球、穆仙弦、慢鵝、皐月、雨靈、簡玲、簡淑麗、吳麗玲、謝美智、露兒、薛心鹿、楊博賢等13人78首。
流派15 2020.04	編織詩意的俳句「切」	黃士洲、Alana-Hana、雨靈、皐月、雅詩蘭、簡玲、薛心鹿、露兒、胡同、俞文玲、慢鵝、簡淑麗、林百齡等13人78首。
流派16 2020.07	國際歲時記之春	胡同、Anne-Marie Joubert-Gaillard、皐月、曾美玲、簡玲、露兒、黃卓黔、林國亮、慢鵝、簡淑麗、薛心鹿、穆仙弦、陳瑩瑩等13人78首。

　　從上面兩個詩刊發表華俳的統計中，我們可以看出了以下三個現象：一、華文俳句的創作出現了理論與創作並重的情況。創作者為理論家提供了實驗文本，評論家又為創作者提供了反思與藝術深化的可能。而兩者均在「獨立」的進行。這是一種文類發展健康的現象。二、在不足兩年的時間內，香港《中國流派詩刊》發表了34人517首俳句，可見華文俳句的基本創作隊伍已經成形，其創作積極活躍，並且常有新人加入。這是一種文類發展優良的態勢。三、主張兩行華文俳句，同時包容原有格式的俳句。如《創世紀詩雜誌》便曾發表了不同形式的俳句。這反映倡導兩行華俳的創作，在作品的合理優化下，不以傾軋異己為目的。這是一種文類發展正確的道路。

洪郁芬氏與郭至卿氏2019.10出版了個人的俳句集。是華文俳句的一次創作成果的展現。兩人的俳句專著歸入臺北「釀出版」的「華文俳句叢書」系列。其情況為：第一號洪郁芬著《渺光之律》（2019.10），第二號郭至卿著《凝光初現》（2019.10），第三號洪郁芬、郭至卿主編《歲時記》(2020.10)，第四號余境熹著《二行天地的神會與言詮：華文俳句評論集》（2020.12）。至此整個華俳運動的雛型已成。洪氏除了在臺港兩地推動華俳外，並積極與日本俳句界往來。按2020.8洪郁芬氏主編的《十圍之樹——當代華語詩壇十家詩》封面勒口所刊的生平簡介，可知她的主張為日本俳句界接受與認可，並頒予獎項：

洪郁芬（略）現為（略）日本俳句協會理事（略）曾獲（略）日本俳人協會第十四屆九州俳句大會秀逸獎和第四屆栃木蓮之俳句大會委員會獎……

洪氏並把臺灣俳人的作品推介到日本去。在日本定期出版的《俳句界》主張「包含俳句的基礎「一個切」和「兩項對照組合」的二行俳句。」每期由日本俳人學者永田滿德選評三首臺灣俳句，洪氏翻譯。最新一期的月刊誌《俳句界》2020.8「俳句大學」欄目便刊出了臺灣郭至卿、謝美智、簡淑麗三位作者的俳句。永田在簡單的評論中說：「被此吸引」「有深

度」「情景真好」。月刊誌《俳句界》2020.7「俳句大學」欄
目即有洪郁芬、胡同、余境熹三人作品。永田的評論是:「嶄
新的觀點」「描繪得既貼切又生動」「清楚地描繪煩躁的心
境」。這是日本俳人專家對臺灣俳句某些抽樣式的印象。俳句
界的臺日互動,正標示了兩行華俳發展上出現了客觀上有利的
因素。

　　文體的此起彼落,從來與天時、地利與人和息息相關,這
是時代與文化發展對文體存在的影響。相對於一篇作品而言,
所謂文類則是「作品的群體」。三、四十年代出現的「芝加
哥批評派」(The Chicago Critics),他們強調「批評的對象應
該是整體和典型也即文學作品的總的部類。」(見《當代西方
美學新範疇辭典》,司有侖編。北京:人民大學。1996年。頁
476。)這被稱為「文類批評」。這應該是華俳評論的一個方
向。本文旨在探討華俳在臺灣的實況。華俳排除了漢俳的十七
字形式而強調「物哀」、「幽玄」、「侘寂」的美學追求與
「切」的技法。這是俳句「初心」的回歸。因為兩行華俳的出
現,同時激發了五七五俳句作者的騷動。希望相互影響下讓我
們看到優秀的作品。如此「新俳句運動」便顯得別具意義了。
我又想起了俞平伯那六個字來,遂口占〈華俳〉一詩,以為本
文總結:

都是一句成詩

因切分作兩行

2020.8.10 早上11時香港婕樓

（香港詩人，創立「婕詩派」。著有詩集《與貓一樣孤寂》，
詩評集《止微室談詩》等。於詩生活網站poemlife.com開設有
詩歌專欄「空洞盒子」。）

後記：
二行天地的神會與言詮

余境熹

　　我想起豐子愷（豐潤，1898-1975）散文中的哲思，他在〈剪網〉慨嘆：「我想把握某一種事物的時候，總要牽動無數的線，帶出無數的別的事物來，使得本物不能孤獨地明晰地顯現在我的眼前，因之永遠不能看見世界的真相」，因此他「想找一把快剪刀，把這個網盡行剪破，然後來認識這世界的真相。」

　　豐子愷指的網，乃是現世的種種功利，他提出：「對於世間的麥浪，不要想起是麵包的原料，對於盤中的橘子，不要想起是解渴的水果；對於路上的乞丐，不要想起是討錢的窮人」，達其極致，則化實為虛：「對於目前的風景，不要想起是某鎮某村的郊野」。

　　豐子愷的〈自然〉又說：「『美』都是『神』的手所造的。假手於『神』而造美的，是藝術家」；「『任天而動』，就有『神』所造的美妙的姿態出現了」；「被造物只要順天而

動，即見其真相，亦即見其固有的美」。所以「美」，其實即順乎自然，許多添加都是無必要的，更遑論矯揉造作了。

洪郁芬在《渺光之律》的〈序二〉曾引用威廉・布萊克（William Blake, 1757-1827）名詩作結，這與豐子愷〈漸〉的收束適好一樣。二人的想法，似亦多冥契暗合之處。例如在介紹正岡子規的「寫生」概念，即不直敘成為結果的情感，而只注重描寫作為原因的客觀事物後，洪郁芬表示：「當我們專注於凝視外界，內在的真與外界的真協調了，混合了，我們消失，而達到一個更大的光明——與萬化冥合。我們在自然裡，自然也在我們裡。」從寫作者一方而言，削去作為結果的情感、「我們消失」等，均是深契〈自然〉，猶如〈剪網〉。

洪郁芬自述撰作俳句的動機，又說到：「當我們願意停下腳步靜觀生活中的萬象，試圖從所有的不堪中尋找美好之處，或觀照季節裡發生的事物並書寫成俳句，這些瞬間的感動便如草露的光律，在生命中發出清脆的聲響，成為我們存在的確據。」她所標舉的乃係「靜觀」，希望融進自然，肉身擺脫忙碌繁雜的生活、眼光撇開紛紜思緒的影響，甚至剝離各種得失、是非，以減法看見「當下所擁有的美景」，與豐子愷的言說亦一致。

然而反過來，我在本書提出可藉「喜好」、「經驗」和「知識」來參與二行華俳的文本，這些都屬於「加」的意義建構。鈴木大拙（SUZUKI Daisetsu, 1870-1966）早就指認這種棄

「神會」而以「言詮」的偏失：

> 首先我們必須知道，俳句本身並不表達任何思想，它只
> 用表現去反映直覺。而且這種表現，也不是詩人頭腦中
> 用修辭的手法構築而成的，它們是最初直觀的直接反
> 映，是實際上的直觀本身。有了直觀，表象就變得清澈
> 透明，就會立即作為其體驗的表現而具有意義。直觀是
> 內心的、個人的、直接的，無法言傳，因此它就求助於
> 表象，以表象為手段來向他人表達。但是，對於沒有這
> 種體驗的人來說，要想單只透過表象去推論出其背後的
> 事實和體驗自身，就非常困難，甚至根本不可能。在這
> 種場合，表象已形同觀念或概念，對此，人們只能運用
> 理智的解釋，正如某些評論家給芭蕉的《古池》所下的
> 結論一樣。其實，這種解釋方式，早已破壞了俳句中所
> 具有的內在的真與美。[1]

這種直觀神會，便是洪郁芬所追求的「協調」、「冥
合」。秀實嘗言，俳句適宜「以『心』非以『目』」地欣賞，
其言雖簡括，卻直指了「清澈透明」的「真相」。

那麼，該如何解釋我的「言詮」呢？馮友蘭（1895-

---

[1] 鈴木大拙（SUZUKI Daisetsu），《禪與日本文化》（*Zen and Japanese Culture*），
陶剛譯（北京：生活・讀書・新知三聯書店，1989）165-166。

1990）《中國哲學史》的一番話頗可借用：「蓋欲立一哲學的道理以主張一事，與實行一事不同。實行不辯，則緘默即可；欲立一哲學的道理，謂不辯為是，則非大辯不可；既辯則未有不依邏輯之方法者。」[2]翻開俳句集，實踐神會，則靜觀便可；若欲述說所感，則非言詮不可。鈴木大拙在闡明禪理時亦謂：「悟只能是神德的所為和藝術天才的獨占。雖然如此，但為了使悟能深入到普通人的心中，禪還是苦心經營了一套獨自的方法。」[3]撰作推廣二行華俳的小書，我的「言詮」經營不敢攀比智慧的禪師，卻希望能藉由互動的邀請，讓更多文藝愛好者踏進俳句的文本世界；至於「神會」，那當是操之於讀者了。

值得留意的是，透過「減」的心靈閱讀華俳，精神上卻每每是有所得的——誠如洪郁芬所言，消失於自然，但迎來「更大的光明」；放慢了步伐，但飛揚了無拘的思考——「加」與「減」，原非絕然地相斥。因此，秀實引導人「以心非以目」地讀俳，仍先連上巴布・狄倫（Bob Dylan, 1941- ）的歌詞、艾米・洛威爾（Amy Lowell, 1874-1925）的〈秋霧〉（"Autumn Haze"）、杜甫的〈小園〉，觸類旁通地逗引出生命中「清脆的聲響」，實在是深諳「加」、「減」相濟之道。「言詮」是

---

[2] 馮友蘭，《中國哲學史》，增訂臺三版（新北：臺灣商務印書館股份有限公司，2015）6-7。
[3] 鈴木大拙 150。

「筌」，得魚之後可以拋卻，不過如一開始就不許用「筌」，那可能也是一種執著。

回到篇首豐子愷的〈剪網〉，「剪網」在字面上適好與詮釋者的「織網」相悖，豐子愷卻其實不反對具新意的聯想，其〈顏面〉結尾說：「藝術家要在自然中看出生命，要在一草一木中發見自己，故必推廣其同情心，普及於一切自然，有情化一切自然」；從深契「自然」的二行華俳中「看出（作者、文本、讀者）生命」的流變，「發見自己」的精神面貌和創造力，作出非求實用、非求準確的新詮等等，反都是豐子愷的所盼，有助於掙斷籠罩世界那張功利的「網」。

如是者，我竟又長篇大論地「言詮」起自己的「言詮」了，疊床架屋，言多不中；未周之處，唯有請求寬雅讀者的「神會」與包容。小書完成，感謝眾多因緣：三舅舅梁文鴻（1963- ）、倡導灣俳的黃靈芝（黃天驥，1928-2016）、在《創世紀》開闢二行華俳專欄的辛牧、在《望穿秋水》析說華俳的秀實，以及在日本以「甘党男子」寫俳句的かのん，當然還有《華文俳句選》、華文俳句社各位才藝超群的作者。

2020年4月1日

華文俳句叢書4　PG2531

 二行天地的神會與言詮：
華文俳句評論集

作　者	余境熹
主　編	洪郁芬
責任編輯	洪聖翔
圖文排版	蔡忠翰
封面設計	蔡瑋筠

出版策劃	釀出版
製作發行	秀威資訊科技股份有限公司
	114 台北市內湖區瑞光路76巷65號1樓
	電話：+886-2-2796-3638　傳真：+886-2-2796-1377
	服務信箱：service@showwe.com.tw
	http://www.showwe.com.tw
郵政劃撥	19563868　戶名：秀威資訊科技股份有限公司
展售門市	國家書店【松江門市】
	104 台北市中山區松江路209號1樓
	電話：+886-2-2518-0207　傳真：+886-2-2518-0778
網路訂購	秀威網路書店：https://store.showwe.tw
	國家網路書店：https://www.govbooks.com.tw
法律顧問	毛國樑　律師
總經銷	聯合發行股份有限公司
	231新北市新店區寶橋路235巷6弄6號4F
	電話：+886-2-2917-8022　傳真：+886-2-2915-6275

| 出版日期 | 2020年12月　BOD一版 |
| 定　價 | 250元 |

國家圖書館出版品預行編目

二行天地的神會與言詮：華文俳句評論集 / 余境
熹著. -- 一版. -- 臺北市：釀出版, 2020.12
　　面；　公分. -- (華文俳句叢書 ; 4)
　BOD版
　ISBN 978-986-445-430-3(平裝)

　1.俳句 2.詩評 3.文集

851.487　　　　　　　　　　109018724

讀 者 回 函 卡

感謝您購買本書，為提升服務品質，請填妥以下資料，將讀者回函卡直接寄回或傳真本公司，收到您的寶貴意見後，我們會收藏記錄及檢討，謝謝！
如您需要了解本公司最新出版書目、購書優惠或企劃活動，歡迎您上網查詢或下載相關資料：http:// www.showwe.com.tw

您購買的書名：＿＿＿＿＿＿＿＿＿＿＿＿＿＿＿＿＿＿＿＿＿＿＿＿

出生日期：＿＿＿＿＿年＿＿＿＿＿月＿＿＿＿＿日

學歷：□高中 (含) 以下　　□大專　　□研究所 (含) 以上

職業：□製造業　□金融業　□資訊業　□軍警　□傳播業　□自由業
　　　□服務業　□公務員　□教職　　□學生　□家管　□其它＿＿＿

購書地點：□網路書店　□實體書店　□書展　□郵購　□贈閱　□其他

您從何得知本書的消息？

　　□網路書店　□實體書店　□網路搜尋　□電子報　□書訊　□雜誌
　　□傳播媒體　□親友推薦　□網站推薦　□部落格　□其他＿＿＿＿＿

您對本書的評價：（請填代號　1.非常滿意　2.滿意　3.尚可　4.再改進）

　　封面設計＿＿＿　版面編排＿＿＿　內容＿＿＿　文／譯筆＿＿＿　價格＿＿＿

讀完書後您覺得：

□很有收穫　□有收穫　□收穫不多　□沒收穫

對我們的建議：＿＿＿＿＿＿＿＿＿＿＿＿＿＿＿＿＿＿＿＿＿＿＿＿
＿＿＿＿＿＿＿＿＿＿＿＿＿＿＿＿＿＿＿＿＿＿＿＿＿＿＿＿＿＿＿＿
＿＿＿＿＿＿＿＿＿＿＿＿＿＿＿＿＿＿＿＿＿＿＿＿＿＿＿＿＿＿＿＿
＿＿＿＿＿＿＿＿＿＿＿＿＿＿＿＿＿＿＿＿＿＿＿＿＿＿＿＿＿＿＿＿

11466
台北市內湖區瑞光路 76 巷 65 號 1 樓

秀威資訊科技股份有限公司　　　收

BOD 數位出版事業部

....

（請沿線對折寄回，謝謝！）

姓　　名：＿＿＿＿＿＿＿＿＿　年齡：＿＿＿＿＿　性別：□女　□男

郵遞區號：□□□□□

地　　址：＿＿＿＿＿＿＿＿＿＿＿＿＿＿＿＿＿＿＿＿＿

聯絡電話：(日) ＿＿＿＿＿＿＿＿＿＿　(夜) ＿＿＿＿＿＿＿＿＿＿

E-mail：＿＿＿＿＿＿＿＿＿＿＿＿＿＿＿＿＿＿＿＿＿